安潔拉・卡特

黑色維納斯

嚴韻 譯

Angela Carter

Black Venus

〈黑色維納斯〉首度於一九八〇年刊登於《下一版》(*Next Editions*);〈吻〉原刊於一九七七年的《哈潑與名媛》(*Harper's and Queen*)。〈大屠殺聖母〉原以〈紅人所獲〉(Captured by the Red)發表於一九七九年的《週六夜讀本》(*The Saturday Night Reader*);〈艾德加・愛倫・坡的私室〉及〈《仲夏夜之夢》序曲及意外配樂〉一九八二年原發表於《地帶之間》(*Interzone*)。〈彼得與狼〉取自一九八二年第一期的《火鳥》(*Firebird*);〈廚房的小孩〉的先前版本曾收錄在一九七九年的《時尚雜誌》;〈秋河利斧殺人案〉曾以〈弒親之場景調度〉(Mis-en-Scene for Parricide)發表於一九八一年的《倫敦書評》(*London Review of Books*)。

一九七九年此八篇小說集結成《黑色維納斯》。一九九五年重新收錄於《焚舟紀》(*Burning Your Boats*, New York: Penguin Books.)。

目錄

黑色維納斯

悲哀，多麼悲哀，晚秋時節這些煙濛粉紅、煙濛紫褐的傍晚，悲哀得足以刺穿人心。太陽在層層俗豔卷雲中離開天空，苦痛進入城市，一種最為苦澀的悔憾，一種對從不曾得知的事物的懷舊，這是歲末的苦痛，充滿無能渴望的時光，無法慰藉的季節。美國人管秋天叫「Fall」，想著人類的墮落[1]，彷彿原初偷食禁果的致命戲劇必須在每年這個季節一再上演、規律循環，在這學童成群跑去偷摘果園果實的季節，在最日常的意象中浮現，顯示任何孩童、每一個孩童，若要在美德和知識之間二選一，永遠都會選擇知識，永遠選擇艱難的那條路。儘管這女

1.〔fall 一字有「秋天」及「墜落」之義。〕

子不知道「悔憾」一詞是什麼意思，但她仍嘆了口氣，沒有確切的原因。

一股股繚繞薄霧侵入巷道，從緩流河水上升起，像筋疲力竭的靈魂吐出的氣息，滲進窗框裂隙，使他們這層寂寞高處公寓的線條為之搖擺融化。在這些傍晚，你看東西的感覺彷彿眼睛要化為淚水一般。

她嘆氣。

發臭伊甸園裡的釋迦[2]，她，這個悲愁的夏娃，咬了——然後立刻被傳送至此，猶如夢中；然而她卻又仍是白紙一張[3]。她從未將體驗當成體驗來體驗，生活始終不曾增加她的知識，反而將其減損。如果你一開始便一無所有，別人會把你的一無所有也奪走，聖經是這樣說的。

事實上，我想她來不曾費神咬過任何蘋果，因為，她根本不知道知識是幹嘛用的，不是嗎?當時她的狀態既非懵懂無邪也非蒙受神恩。讓我來告訴你湘是什麼樣子。

她就像一台鋼琴，在一個所有人雙手都被砍掉的國家。

在這些悲哀的日子，在房間沈入暮色的這些憂鬱時刻，他沒有點亮燈光、調幾杯酒、讓一切變得舒適愜意，反而沒完沒了說著：「寶貝，寶貝，讓我把妳帶回妳歸屬的地方，回到妳那可愛慵懶的島嶼，有披金戴玉的鸚鵡在琺瑯樹上晃盪，妳可以用妳結實的白牙咬甘蔗，就像妳小時候那樣，寶貝。等我們到了那裡，在輕快歌唱的棕櫚樹間，在紫色花朵下，我會愛妳至死。我們回去那裡，住在一間稻草頂小屋，門廊上爬滿開花的藤蔓，一個穿白短連身裙、紮緊的辮子上繫著黃綢蝴蝶結的小女孩會拿一把大羽毛扇為我們搧涼，攪動遲滯的空氣，我們躺在吊床上搖晃，左搖右晃……船，船正等在港口裡呢，寶貝。我的小猴子，我的小貓咪，我的小乖乖……想想看，住在那兒將是多麼美好……」

但是，在這些日子，受霜寒啃噬又悶悶不樂的她可不是小乖乖或小貓咪，看來更像一身鏽色羽毛的老烏鴉，在冒煙的火旁捲成一團沮喪，恨恨地拿棍子戳

2.〔英文叫 custard apple，直譯則為「奶黃醬蘋果」。〕

3.〔原文為拉丁文 tabula rasa。〕

火。她咳嗽，她咕噥，她總是覺得冷，總是有涼颼颼氣流咬她的背或擰她的腳踝。

去，哪裡？才不要去那裡！亮過頭的黃色海岸和刺眼的藍天，用直接從顏料管擠出、完全不加調配的粗濃色彩塗抹而成，透視比例突兀得就像小孩畫的畫，讓你看得眼睛發疼。滿天蒼蠅的城鎮。只有綠香蕉、蕃薯和橡膠般難嚼的串烤羊肉可吃。她打了個戲劇化的哆嗦，足以將膝上那隻老大不高興的貓給掀下去。反正她本來就很討厭那貓，一看見就想掐死牠。她想喝一杯，蘭姆酒就可以。她用字紙簍中作廢的草稿捻成紙捲，點起氣味難聞的短小黑雪茄。

夜色踩著毛茸茸的腳走來，奇妙雲朵飄過窗外，是那種夜空無光時仍清楚可見的詭異幽魂般的雲。屋主的奇想也沒放過窗戶：除了最上層的窗扇，所有窗玻璃全換成毛玻璃，讓屋裡的人可以不受干擾地眺望天空，彷彿住在熱氣球的吊籃裡，就像他朋友納達爾[4]成功升空好幾次的那種熱氣球。

若一陣風吹來靈感，就像現在，搖得我們頭上的磁磚格格作響，這間漂亮公寓以及公寓裡的波斯地毯、波吉亞家族[5]用來餵人毒藥的核桃木桌、球莖狀椅腿上有十六世紀義大利藝術家雕刻笑臉和鬼臉的扶手椅、牆上掛的廷多列托[6]偽作（他是孜孜不倦的收藏家，不過目前還太年輕，缺乏那種察覺自己被騙了的第六感）——在上天那些神秘氣流邀請之下，這處裝潢妥適的小房間便會脫離樓下街道的繫泊，起飛離去，飄過黑夜蒼穹，纜索纏住一彎死產新月，上升之際擠開一顆星星，把我們帶到——

「不！」她說。「才不要去那個鬼鸚鵡森林！別帶我沿著奴隸船的路線回西印度群島！還有把這隻鬼貓放出去，免得牠在你珍貴的波卡拉地毯上拉屎！」

他們有這個共同點，兩人都沒有祖國，儘管他喜歡假裝她在藍色大洋懷裡有個

4.〔Nadar，法國作家、攝影家 Gaspard-félix Tournachon 的筆名，於一八五八年首次成功利用熱氣球進行高空攝影。〕

5.〔Borgia 是文藝復興時期權傾一時的家族，十四世紀興起於西班牙，橫跨十五、十六世紀，影響力遍及義大利、法國、西班牙，曾出過十一名神聖羅馬教會主教、三名教宗、一名英國王后、一名聖人等，以權術傾軋、貪婪邪惡而臭名昭彰。〕

6.〔原名Jacopo Robusti（1518-1594），威尼斯畫家，十六世紀末重要藝術家。廷多列托（Tintoretto）是他的外號，意為「小染匠」，因其父從事此業。〕

瑰麗的家，把那個家硬加在她頭上不管她喜不喜歡，他無法相信她跟他一樣無所依歸……但只有想像飛行的時候，他們才一同處在自己的家，兩人都在等待風起，將他們吹到某個奇蹟的他處，某片好遠好遠的樂土，充滿愉悅舒坦的樂趣。

然而，喝下一兩杯酒之後，她便不再咳嗽，變得比較友善一點，同意解開頭髮讓他把玩，他就喜歡玩她的頭髮。如果她天生的怠惰沒有一發不可收拾——在光線暗淡房裡的冒煙爐火旁，她可以一躺就是好幾小時、好幾天，呈現植物般的恍惚出神狀態——不過，有時她會把雪茄屁股往火裡一甩，答應脫下衣服為爹地跳支舞；在追問之下她會不情願地承認，這個爹地是個好爹地，買給她漂亮衣服，不時幫她弄點大麻，還讓她不至於淪為阻街女郎。

十月的夜晚，纖弱的彎月，地球將刺客的明亮共犯藏在陰影裡，讓一切變得更加神秘——在這樣的夜晚，月亮可以說是黑色。

他渴望看她跳的這支舞是他特別為她設計的，由一連串淫蕩姿勢組成，妓院私房風格但不失品味，他喜歡看她有節奏地款擺，而非四處亂蹦踢腿。他喜歡她跳舞時戴上所有手鐲和珠鍊，全身披掛他買給她的瑠琅首飾，都是人造假寶石，不能賣，否則她早就賣了。她邊跳邊哼著克里歐人的小調，她喜歡用詞猥褻的那些歌，關於鞋匠的老婆狂歡節做了什麼，或者某個漁夫蔚為傳奇的那話兒尺寸，但爹地完全不注意他的海洋女妖唱些什麼，只用那雙靈活明亮的黑眼盯著她披戴珠飾的肌膚，彷彿真的入了迷，好個容易上當的笨蛋。

「笨蛋！」她說，語調幾乎是溫柔的，但他沒聽見。

火光中，她投下長長的影子。她個子極高，是那種一百年後將會妝點瘋馬夜總會或巴黎賭場舞台的美麗女巨人，穿戴亮片三角褲和閃亮假珠寶，高若神祇，質感一如麂皮。裘瑟芬．貝克[7]！但活力充沛從來不是湘的天性，她最突出的特質是對任何不能吃、不能喝、不能點來抽的東西抱著遲滯的怨恨。飲食，燃燒，這些是她的天職。

7.〔Josephine Baker（1906-1975），生於美國、後定居巴黎並歸化法籍的知名歌舞表演者，當時正值法國對非洲文化極感興趣的年代，她將美國黑人歌舞藝術引進歐洲。二次大戰期間加入法國反抗運動，一九六〇年代參與美國民權運動，退休後創辦孤兒院。〕

為爹地跳性感舞蹈的整個過程中，她心中冷笑生著悶氣，無聊而出神地看著他買給她的串串玻璃珠在頭上天花板拖曳投射出繁複光芒。她看似光源，但這是幻覺，她發光只因為將滅的火焰照亮了他送她的禮物。儘管他的注視使她發亮，但他的影子讓她變得比原本更黑，他的影子可能完全遮蔽她。她是否有顆善良的心全憑各人猜測，她是「吃苦頭學校」養大的，而夠多的苦頭足以除掉任何人的心。

儘管湘的個性並不傾向內省，但有時候，當她扭動在那飄浮半空、拉扯著繫繩、渴望飛去尋找深受詩人們喜愛的月之女神的黑暗房間，她會納悶，在一個付錢的男人面前裸體跳舞跟在一群付錢的男人面前裸體跳舞有何差別。她的印象是，兩者之間的差別跟道德有點關連。十六歲時，她曾在夜總會直著嗓子唱她現在哼的這些克里歐小調，當時，吃苦頭學校的教師，也就是夜總會其他歌舞女郎，告訴她兩者之間的差別可大了，而十六歲的她最大的願望就是被人包養，也就是說，不必淪為阻街女。賣淫是數目的問題，也就是一次付妳錢的人不只一個。那是壞事。她不是壞女孩。跟爹地以外的男人睡覺，她從不讓他們付錢，這是名譽問題，是忠實問題。（這些倫理學推測中暗含反諷的可能，但她的情人認定她雜交只因為她性喜雜交。）

然而現在，跟他在雲端度過幾個瘋狂的季節之後，有時她會自問是否打對了牌。如果她反正得靠裸體跳舞為生，那她為什麼不能靠裸體跳舞直接換來手中實實在在的鈔票，賺錢養活自己？嗯？嗯？

但話說回來，一想到要安排新的職業生涯，她就打呵欠。在不同領班和歌舞秀場之間穿梭來去等等，多費力啊。而且該索取多少錢？她對自己的使用價值只有最朦朧的一丁點概念。

她裸體跳舞，項鍊耳環玎玲作響。一如往常，只要終於抬起懶屁股開始跳舞，她其實倒還蠻樂在其中。她對他幾乎感覺溫情，他年輕英俊是她的好運。她的厄運則是他財務狀況不穩定，抽鴉片，塗塗寫寫，而且還……但想到「而且」，她便猛然中斷自己的思緒。

她堅定只想自己的好運，向情人伸出雙手，齜牙——儘管臼齒已黑爛殘缺，但尖尖犬齒仍白如吸血鬼——邀他與她共舞。但他從來不與她共舞，從來不。怕弄亂襯衫還是撐斷領子什麼的，不過若抽了大麻他倒會隨節奏拍手。她喜歡他這樣，讓她覺得自己受到欣賞。幾杯酒後，她把其他那些事也都忘記，儘管她當然已經猜到了。女孩們聚在化妝間害怕地小聲說著那些食屍鬼般的症狀，朝預言命運的鏡子裡瞧，看見的不是自己的粉嫩臉蛋，而是塗了胭脂的骷髏頭。

當她獨自在爐火前喝幾杯，一想到這事就發出可怕的老醜婆笑聲，彷彿她已是那個她將會變成的老醜婆，為一個陰森笑話發笑，笑話主角便是她此刻仍是的這個暗地流膿的漂亮女孩。在女巫狂歡夜，年輕女巫對老女巫誇耀：「我赤裸騎在山羊背上，展示我年輕美麗的身體。」把老女巫笑死了！「妳會爛掉的！」我會爛掉的，湘心想，大笑。粗啞蒼老的犬儒笑聲非常不適合湘這樣專為取樂而生的人，但對於專為取樂而生的人，梅毒豈不是最具代表性的命運？不也是你為這個太陽的孩子，這個從安地列斯群島帶來腐敗與無辜的災難性混合的孩子，所付出的代價？

她可是來得乾乾淨淨，到巴黎的時候身上只有疥癬、錢癬和營養不良。因此這是個差勁的笑話，在湘出生之前幾個世紀，阿茲特克的女神娜哈瓦津在征服者的船上傾倒輪椅、墨鏡、枴杖和汞藥丸，隨他們巧取豪奪的戰利品一同從新世界帶回舊世界，那是遭強暴的美洲大陸的報復，在歐洲人的床上傳播繁衍。湘天真無辜地沿著娜哈瓦津的路線渡越大西洋，但並未帶來任何情慾報復——頭一個保護者就把病毒傳給了她，正是她信任能帶她遠離那一切的男人。想起來足以讓馬開口大笑，只不過她是個宿命論者，她覺得無所謂。

她向後仰身，直到黑羊毛般的長髮披散在波卡拉地毯上。她的身體柔軟靈活，可以弓成一道桃花心木色的虹。（注意她的大腳和強壯大手，能幹得足以擔任護士。）若說他是鑑賞美的行家，她便是鑑賞最巧妙羞辱的行家，但她向來都太窮，而承認羞辱之為羞辱是種奢侈，她負擔不起。你得逆來順受。她下腰彎背，足可讓一個小男孩從底下跑過。倒流的血液在她耳中鳴響。

這樣上下顛倒，她可以看見沒換成毛玻璃的最上層右窗外，一彎鐮刀月，精準得彷彿貼在天空。這月牙大小一如剪下的寬寬一彎指甲，看得見月面其他部分被地球陰影遮住的模糊輪廓，彷彿地球被抓在月亮閃亮的爪子間，你可以說月亮將世界抱在懷裡。月勾下，一根繃得緊緊的無形線掛著一顆亮得出奇的星。

那隻當家的玄武岩花色的貓，沿著碼頭散步拉撒完畢，此刻在門外喵叫要人放牠進屋。詩人放貓進來，貓跳進他敞開以待的懷裡，公寓中充滿牠快樂的嗚嚕聲。女孩打算用她靈活的長腳趾掐死貓，但做完那套感官運動使她心情寬容，不久就笑起來，因為看見他對貓的愛撫和親暱跟用在她身上的一樣。她原諒了貓的存在，她和牠有很多共通點。她俐落放掉背上的弓，噗通坐在地毯上，揉著發痠的肌腱。

他說她跳起舞像條蛇，她說蛇不會跳舞，蛇又沒腿，於是他說，但語氣是和藹的，妳真蠢哪，湘；但她知道他連看都沒看過蛇，根本沒見過蛇的動作——那一整套橫向的迅速擊打，揮動自己一如揮鞭，留下身後沙地上一道道波紋般的蛇痕，快得嚇人——如果他見過蛇移動的樣子，就一定不會這麼說。她忿忿走開，打量自己冒汗的乳房，反正她也想洗個澡，發出鼠般氣味的陰道分泌物讓她有點擔心，這是以前沒有過的，是不祥的，是可怕的。但：沒有熱水，這個時間沒有。

「如果你付錢，就會有人送熱水來。」

這下輪到他生悶氣了。他又開始清理指甲。

「只因為我皮膚的顏色不顯髒，你就認為我不需要洗澡。」

射出這第一支利嘴潑婦的飛鏢，如果她有心，此種緊繃、刺人的攻擊大可持續一個小時以上，但她沒了胃口，突然感覺一切都無所謂了。有什麼重要呢？我們全都會死，我們現在就跟死了差不多。她縮起雙腿下巴靠膝，蹲在火前盯著餘燼，眼神空洞，臉上表情維持陰鬱的怨恨。貓靜靜走來身旁，彷彿刻意添上一抹撒旦式光彩，讓你想像女子和貓都在與火中惡魔沈默對話。只要貓不來煩她，她就不理會牠，她們一同獨處。貓和女子各自沈浸在如此私密的世界，詩人感覺自己被排除在外，只好退開，瀏覽架上那些珍貴的善本書，鑲珠寶的彌撒書，古書，從特殊店裡買來、一翻開就會受詛咒的書。他珍惜著他那好不容易激起的性慾，等她再度願意承認它。

他認為她是一只黑暗花瓶，若將她傾倒，便會流出黑光。她不是夏娃，她本身就是禁果，而他已吃下她！

詭異的女神，夜般朦朧，
散發麝香抹於菸草的氣息，
是薩滿巫醫變出妳，大草原的浮士德，
黑色大腿的女巫，午夜的孩子……

沒錯，將她從深淵中變出——她眼裡仍留有那深淵的摧枯拉朽記憶——的浮士德一定是用他的靈魂換來她的存在；黑色海倫的雙唇吸盡詩人的精神骨髓，儘管她並無心如此。除了一日三餐和幾杯酒，她沒有太多清楚意識的欲望。若她是佛教徒，應該很有希望修成正果，因為她要的那麼少，但是，可嘆哪，她還是會受到需求的煩擾。

貓打個呵欠伸懶腰，湘回過神來。她用一首未完成的十四行詩捻起紙捲，點燃又一根短小雪茄，一身玻璃珠叮叮噹噹，回到詩人身邊，以她那無可模仿的、半是嘎啞半是愛撫的聲音，彷彿以蜂蜜餵養長大的烏鴉的聲音，帶著安地列斯群島的懶散腔調，向他要一點錢。

似乎沒人知道湘・杜瓦生於何時，不過她與波特萊爾相遇的年份（一八四二）有很確切的記錄，而他另兩名情婦，阿格拉雅－裘瑟芬・薩巴提耶以及瑪莉・多布倫的生平也都有詳盡資料。除了杜瓦之外，她也用過波斯普和勒莫這兩個姓，彷彿她的姓名無關緊要。她來自何處也是個問題：不同書有不同說法，印度洋上的模里西斯，或者加勒比海的聖多明哥，這天南地北的兩個角落任你選擇。（如果她是葡萄酒，她的產地會更受重視一些。）模里西斯看來像是碰運氣的瞎猜，只因波特萊爾一八四一年的印度之旅沒抵達目的地，在該島停留了一段時間。聖多明哥又名哥倫布的西班牙島，現在是多米尼克共和國，鄰接海地，有段動盪的歷史。法國大革命時，該地的徒桑・盧維度率領奴隸群起反抗，成功推翻了法國莊園主的統治。

儘管法國國會一七九四年不經辯論便通過法案，取消所有領地的奴隸制度，但拿破崙又在馬丁尼克和瓜德魯──不過不包括海地──重新實施蓄奴，這些奴隸直到一八四八年才正式解放。然而法國居民的非洲情婦常可脫離奴隸身分，她們的孩子亦然，異族通婚在當時也並不罕見。克里歐人的中產階級於焉產生，嫁給實施蓄奴的拿破崙而成為法國皇后的裘瑟芬便出身此一階級。

湘．杜瓦不太可能出身此一階級，就算她真的來自馬丁尼克；由於她似乎會說法語，馬丁尼克至少也是可能性之一。

在《展露我赤裸的心》[8]中，他記了一筆：「人們恨美。例子：湘和穆勒太太。」（穆勒太太是誰？）

街上的小孩會拿石頭丟她，她個子高又像個女巫，喝醉時步履搖搖晃晃，帶著醉鬼那種永遠招人嘲弄的脆弱忸怩的尊嚴，永遠驕傲高抬她那顆困惑的頭和滿頭龐然如斗蓬披散的長髮，彷彿頭上頂著裝滿忘川所有河水的巨大水罐。也許他看見她在街上哭泣，因為小孩拿石頭丟她，罵她「黑母狗」或更難聽的話，從陰溝抓起一把把爛泥甩在她撐架蓬裙的漂亮白色荷葉邊上，因為他們認為她屬於陰溝，她這個妓女居然敢裝模作樣走到街角小店去買小雪茄或普通香菸或蘭姆酒，頭還抬得老高彷彿她是全非洲之后。

但她是被罷黜的皇后，被放逐的王族，因為，她不是已經失去了那眾多國家各式各樣的財富嗎？

遭人奪走了貝南的青銅門，奪走達荷美國王宮廷的亞馬遜女戰士的鐵胸甲，奪走提布克圖那偉大大學的秘傳智慧；被奪走了光華燦麗的沙漠城市，有騎士在城牆邊奔馳，以兩倍於身長的號角歡迎夜色降臨。黑色聖人和神聖獅子的阿比西尼亞對她而言甚至連傳說都不是，人與豹角力的大草原她也半點不知。她黑色皮膚連結的那片大陸已從她記憶中切除。她被剝奪了歷史，純粹是殖民地的孩子，是殖民地——白色的，專橫的——播下她的種。她母親跟著水手走了，剩下外婆在只有一張破布床的房間裡照顧她。

外婆對湘說：「我生在船上，我母親死了，被丟進海裡餵鯊魚。另一個來自某個其他國家的女人剛好生下死胎，便餵我吃她的奶。我不知道父親是誰，也不知道我是在哪裡懷的、在哪處海岸或什麼情況下。我養母不久就在莊園死於熱病。我斷了奶，我長大。」

8.〔*Mon coeur mis à nu*，波特萊爾的晚年作品。〕

然而湘仍保有一份消極的遺產：如果你試著要她做任何她不想做的事，如果你試著侵蝕她那小塊鋼鐵般的、以怠惰形式呈現的自由意志，你便會看出她先前曾如何耗盡傳教士的耐心，於是只繼承了法律允許的那二十九下鞭打，連自憐都沒有。

她外婆說克里歐話，土話，除此不懂其他語言，說得很蹩腳也把它蹩腳地教給湘；湘來到巴黎、開始跟時髦人物來往之後盡可能將它變成正統法語，但只變了個半吊子，她的心不在這上面，也難怪。彷彿她的舌頭被切掉，另縫上一根不太合適的。因此可以說，不是湘不懂她情人那精雕細琢、寧謐中隱含不安的詩，而是那詩是對她永遠的冒犯。他一天到晚對她誦詩，使她疼痛、憤怒、擦傷，因為他的流暢使她沒有語言，使她變啞，一種更深層的啞，呈現為一連串不合文法的粗聲咒罵與要求，對象倒不是她的情人——她挺喜歡他的——而是她自己的處境，巨鷹般的無知黑女孩，什麼都不會。更正：只會一件事，儘管梅毒螺旋體已經在勤奮啃噬她的脊椎骨髓，當她將遺忘的驚人重量頂在亞馬遜女戰士般的頭上時。

他心中的女神，詩人的理想，容光煥發躺在床上，房裡貼著紅黑相間的哀戚壁紙。他喜歡她把自己變成一幅畫面，為他明亮的眼睛提供豪華盛宴，但他永遠眼大肚子小。

維納斯躺在床上，等待風起：染了煤灰的信天翁渴望暴風雨。旋風！

她知道信天翁。是貝殼裝著赤裸裸的她渡越大西洋，她抓著自己恥骨上一大叢陰毛。小小的黑天使們為她吹起大風，信天翁隨之滑翔。

信天翁可以八天飛繞世界一圈，只要總能飛在有風暴的地方。水手給這些大鳥取了難聽的名字，什麼呆頭鳥、笨鷹的，因為牠們在地面上呆傻笨拙，但風，風才是牠們的歸屬，牠們御風自如。

在那裡，在遠遠的下方，在世界的屁股又變窄的地方，如果你走得夠南邊，便會再度來到永寒之地。寒冷是我們對這地球經驗的開始和結束，那些冰雪山脈颳著公牛咆哮般的呼嘯狂風，杳無人跡，只有神態莊嚴的企鵝，牠穿的長禮服跟你挺像，爹地，令人尊重但，跟你不一樣的是，寵愛妻子的企鵝把珍貴的蛋托在雙腳上，讓牠親愛的妻子出外享受愉快時光——就南極所能提供的愉快程度而言。

如果爹地像企鵝，我們會快樂得多；這屋裡容不下兩隻信天翁。

風是信天翁的歸屬，正如家是企鵝的歸屬。在「翻騰的四〇年代」或「激昂的五〇年代」，狂風不停由西吹向東，從有人居住的大陸最偏遠角落吹向無法居住的藍色夢魘般的冰，這些大鳥歡欣喜悅地滑翔，往南，再往南，更往南，南得反轉了詩人概念中鸚鵡森林與閃亮海灘的南方。在那裡，在那南方，只有陰冷單色調，不會飛的鳥是觀眾，看著這些生活在風暴中心的空中飛人——就像布爾喬亞，爹地，乖乖把蛋抱在腳上坐著，看我們這些藝術家在高空鞦韆上冒死演出。

女子和情人等待風起，帶他們離開陰鬱公寓。他們相信自己可以乘風高飛，那陣風將會像是來自另一個星球。

她抹椰子油保持頭髮亮澤，年輕男子深深吸進椰油的芬芳。他苦悶的浪漫主義將這加勒比海廚房的家常氣味變成熱帶島嶼的馨香空氣，有時他能說服自己，那些島嶼就是他所渴望的樂土。他活躍的想像力發揮煉金術的效果，將她剛跳過舞新出了汗的健康氣味加以轉變，認為她的汗聞起來有肉桂味，因為她毛孔裡都充滿香料，她的肉體與他不同。

在他們的關係中很重要的是，當她換上私密的赤裸服裝，穿戴無關裁縫的首飾與胭脂，他必須保持十九世紀男性的公眾裝束，長禮服（剪裁精緻）、白襯衫（純絲料，倫敦師傅量身訂做）、牛血色領帶以及無懈可擊的長褲。《草地上的午餐》的意義遠不只表面看來那樣。（馬內也是他朋友。）男人是做事的，要穿上做事的服裝，他的皮膚就是他的生意；他是人工的，是文化的產物。女人是存在的，因此一絲不掛便已穿戴妥當，她的皮膚是公眾財產，她是與自然合而為一的生物，而她簡單的肉體，他堅持，才是最可厭的作假。

有一次，在她被包養之前，他和一群波西米亞藝術家設法將她從夜總會顧客群中擄來，扛走先是抗議然後大笑的她，深更半夜在街上四處走，要找地方帶他們這獎品去再喝一杯。她直接了當在街上撒尿，沒事先說一聲，也沒獨自拐進小巷，甚至連他的手臂都沒放開，就這麼岔開雙腿跨在陰溝上尿了，彷彿這是全世界最自然不過的事。哦，那液體奔洩的聲音是多麼令人意外的中國鈴聲啊！（那時，詩人褲襠裡的拉撒路復活了，不請自來地敲著布料棺材蓋。）

湘用另一手挽起裙子，跨過那攤尿，於是他看見她白長襪腳踝處濺了尿漬。在他過度敏感的驚恐知覺裡，那液體似乎是一種體酸，灼蝕了棉襪布料，融化了她的襯裙、緊身褡、襯衫、洋裝、外套，使此刻走在他身旁的她變成巡行的物神，野蠻，淫穢，令人驚恐。

他自己總是戴著淺粉紅小羊皮手套，柔軟貼合一如將來婦科醫師會戴的橡膠手套。看著他玩弄她的髮，她平靜地想起夜總會裡一個紅髮朋友曾在妓院短暫當過一陣學徒，但不久便脫離那行業，因為發現好一部分客人只想要她允許他們射精在她那頭華燦的提香式鬈髮裡。（其他女孩聽了都咯咯笑。）紅髮女孩心想，整的說來，這樣亂糟糟搞一下倒比普通性交衛生也較不討厭，但如此一來她就得經常洗頭髮，使她那頭——事實上是這瞇瞇眼小個子唯一的——輝煌特色失去了重要的天然油澤。娼妓既是賣家也是商品，她就是自己在這世上的投資，因此必須好好照顧自己；紅髮瞇瞇眼決定不敢冒險如此浪擲自己的資本，但湘從來沒有這種生意人的個性，她不覺得她是自己的財物，因此她把自己免費送給每個人，只有詩人例外，因為她太尊敬他了，不能隨便提供如此曖昧的禮物而不求報償。

「幫我把它弄起來。」詩人說。

信天翁以奇特的求偶招數聞名。整個繁殖期間，牠們跳著醜怪笨拙的舞，加上鞠躬、刮擦、鳥喙一開一合，發出長長的鼻音叫聲。

——《世界鳥類》，奥立佛・L・奥斯丁二世

牠們並不擅長築巢，地上隨便一個淺坑就行，或者牠們也許會自行挖出一小堆土。牠們只肯對土地做出最低的讓步。他想像他們的床正像信天翁的巢，只是匆匆暫時的居處，而命運，全世界最偉大的領班，把他們這兩隻奇怪的鳥關在一起。在這過渡的放逐之中，任何事都可能。

「湘，幫我把它弄起來。」

什麼事一到這人身上就變得很複雜！連幹一炮都能搞成足以搬上法蘭西劇院的演出，要讓他射出來可是一齣五幕劇，中間穿插鬧劇和其他能讓你哭泣的段落，而且事後他確實會哭，他覺得羞慚，他談起他母親，但湘不記得母親，而外婆拿她跟某個水手換了兩瓶酒，外婆說很滿意這交易，因為湘那時已開始惹麻煩，長大得衣服全穿不下，又吃得太多。

他們一同解開越軌的歷史之際，爐火熄了；窗戶僅有的幾片透明玻璃中，又小又白的閃亮冬月從左上方窗玻璃的左上角出發，在衛星陪伴下緩緩畫弧走完了橫度黑暗夜空的最後一段路。當湘堅苦卓絕地伏在情人身上為他的肉慾努力，彷彿他是她的葡萄園而她正以吃力不討好的苦工在天堂儲存財寶，月與星一同來到了右下方的窗玻璃。

如果你看得見她，如果這裡不是這麼暗，她會看似遭到搶劫的被害人。那雙悲切的眼睛像深淵，但她會抱他入懷，安慰他在自我厭憎背叛之中留在她體內的共通人性痕跡，他因此怨恨責怪她，也因此將會榮耀她，送給她詩人承諾的永恆。

月與星消失。

納達爾說曾再見過她一次，在又聾又啞、半身不遂的波特萊爾死後差不多一年。詩人被疾病征服之前的最後幾個月，終於變得與自己都成陌路，別人拿鏡子給他照，他會向鏡中倒影鞠躬，彷彿見到陌生人。他叫母親在他死後照顧湘，但他母親什麼都沒給她。納達爾說看到湘撐著枴杖，沿著人行道一顛一顛朝酒吧走去，沒了牙齒，綁著頭巾，但還是看得出那頭如雲秀髮都已掉光。她那張臉會嚇壞小孩。他沒有停步跟她說話。

＊

船開往馬丁尼克島。

牙齒是可以買的，你知道，頭髮也可以買。用修道院新進修女剪下的頭髮做成的假髮最好了。

那男人自稱她兄弟，也許他們真的是一母所生，有何不可？她完全不知自己母親後來怎麼樣了。這個混血黃皮膚的假設半兄弟出現得正是時候，以天生企業家的長才接管她混亂的財務——就算他是魔鬼梅非斯托，她也不在乎。詩人死前那段時間，趁母親不注意偷偷拿給她的那些東西，他們都攢起來了。這裡五十法郎給湘，那裡三十法郎給湘，倒也積少成多。

她驚訝地發現自己有多值錢。

再加上賣掉一兩份沒被她用來點雪茄的手稿；還有些書，尤其是裡面龍飛鳳舞寫著題獻的那些；還有袖釦和一抽屜又一抽屜幾乎沒戴過的粉紅小羊皮手套。她兄弟知道上哪去賣。日後，與詩人相關的任何物品，甚至他蹩腳的圖畫，都能賣到令人驚訝的好價錢。他們在一個積極的經紀人那裡留下一份檔案。

她穿著一襲黑色柞蠶絲新衣，受損若干但仔細修整過的臉遮著隱惡揚善的面紗，搭上汽輪離開歐洲前往加勒比海，就像個好人家的寡婦，畢竟她還不滿五十歲。她看來完全可能是某個小公務員的克里歐妻子，在他死後啟程返國。她兄弟已經先去了，物色他們要買的房地產。

一路上她沒受到任何信天翁打擾，完全沒去想奴隸船的路線，除非是拿外婆當年渡洋的旅程與自己現在舒適的航程做比較。你可以說湘找到了自己，從半空中降回實地，並且，藉助象牙手杖，她在地面上走得很穩。海風有益她的健康。她決定戒掉蘭姆酒，除了每晚算完帳之後、上床前來一小杯。

如今她年事已高，每天早上穿著莊重的黑衣出現，撐著手杖身體有點傾斜，但姿態堂皇，只有曾獅口逃生的人才能如此。她走出那棟門廊爬滿藤蔓的迷人房屋：「您早，杜瓦太太！」諂媚的園丁高唱道。聽來多麼順耳。她正要把昨晚的收入拿去銀行存。「多謝您，杜瓦太太。」一旦嘗到受人尊敬的滋味，她的胃口立刻變得貪婪無饜。

最後，到了歲數極大的老年，她終於向骨頭裡的疼痛投降，由一群為她服喪的女孩送到教堂墓地。直到那時之前，她都仍繼續向殖民官員中的高層人士，以並不過份的價錢，散播貨真價實的、如假包換的、純正的波特萊爾梅毒。

註：頁二十二的詩句譯自查爾・波特萊爾《惡之華》：

Sed Non Satiata
Bizarre déité, brune comme les nuits,
Au parfum mélange de musc et de havane,
Oeuvre de quleque obi, le Faust de la savane,
Sorcière au flanc d'ébène, enfant des noirs minuets,
Je préfère au constance, à l'opium, au nuits,
L'élixir de ta bouche où l'amour se pavane;
Quand vers toi mes desires partent en caravane,
Tes yeux sont la citerne où boivent mes ennuis.
Par ces deux grands yeux noirs, soupiraux de ton âme,
Ô démon sans pitié! verse-moi moins de flamme;
Je ne suis pas le Styx pour t'embrasser neuf fois,
Hélas! et je ne puis, Mégère libertine,

《惡之華》中據信描寫湘・杜瓦的其他詩作通常合稱「黑色維納斯篇」，包括〈珠玉〉、〈長髮〉、〈舞動的蛇〉、〈異國之香〉、〈貓〉、〈我愛妳一如夜色蒼穹〉等等。

吻

中亞的冬季刺骨陰鬱，汗淋淋臭烘烘的夏季則帶來瘧疾、赤痢和蚊蟲，但在四月，空氣輕撫過你，觸感就像大腿內側的肌膚，處處盛開的滿樹花朵香氣也澆熄了城裡眾多化糞池令人呼吸困難的惡臭。

每個城市都自有其內在邏輯。想像一個城市用孩童的蠟筆畫成直接了當的幾何圖形，有赭、有白、有淺赤褐；房舍的淡黃低矮露台彷彿從泛白泛粉紅的土地長出，而非建造於其上。一切都罩著薄薄一層塵沙，就像蠟筆留在你手指上的碎粉。

在這些漂淡的蒼白顏色中，那些古代陵寢散發虹彩的瓷磚硬殼更顯炫目。凝視之下，鮮活搏跳的伊斯蘭藍會逐漸轉綠；青藍與翠綠相互交錯的球莖狀圓頂下，玉棺裡躺著曾橫掃肆虐亞洲的帖木兒。我們造訪的是一座真正的神奇傳說之城，這裡是撒馬爾罕。

烏茲別克當年的革命承諾讓農婦都有絲料穿，而至少這一項確實沒跳票。她們的衣衫是纖薄絲綢，粉紅與黃，紅與白，黑與白，紅、綠與白，鮮豔色彩相互漬染的條紋亮麗奪目有如幻覺，此外她們還戴著許多紅玻璃首飾。

她們看似總在皺眉，因為前額畫著一道粗黑橫線，將兩側眉毛連成一氣，眼睛周圍則塗以墨粉，乍看讓人嚇一跳。她們的長髮編成二三十根纏捲的麻花辮，年輕女孩頭戴刺繡金線、縫綴珠飾的天鵝絨小帽，年長婦女則以兩條印花羊毛巾遮頭，一條緊繫在前額，另一條披散在肩。面紗已經六十年沒人戴了。

她們步履堅定，彷彿並非住在一座想像的城市。她們不知道，在外國人眼中，她們和纏頭巾、穿羊皮外套羊皮靴的男同胞全珍奇希罕一如獨角獸。她們渾身披掛閃亮無邪的異國風情，她們的存在完全抵觸歷史。她們不知道我知道她們什麼，不知道這城市並非全世界。她們所知的世界就是這城市，美若幻覺，陰溝長出鳶尾花，茶館裡一隻綠鸚鵡挪蹭著籐編鳥籠的欄杆。

市場有一種犀利的青綠氣味。一個眉毛塗成黑條的女孩手拿水杯，往蕪菁上灑水。此時開春不久，只能買到去年夏天曬乾的水果——杏、桃、葡萄乾——還有少數珍貴的皺巴巴石榴，存放在木屑中過冬，現在剖成兩半放在攤子上，展示滿腹仍保持濕潤的紅寶石。撒馬爾罕的一樣特產是鹹杏仁果，甚至比開心果還好吃。

一個老婦賣白星海芋。今天早上她從山區來，那裡有野鬱金香綻放一如血泡，甜蜜呢喃的斑鳩在岩石間做窩。老婦拿麵包沾一杯酪乳當午餐，慢慢吃著，等花賣完了，她會回到那些花生長的地方。

她幾乎像存在於時間之外，或者說，她彷彿在等雪荷拉莎德[1]體會到最後一個黎明已經來臨，講完最後一個故事後歸為沈默。然後，這個賣海芋的老婦或許才會消失。

一頭山羊在廢墟中啃吃野茉莉，這廢墟是帖木兒美麗的妻子建造的清真寺。帖木兒出外征戰時，妻子命人動工這座清真寺，想給他一個驚喜，但當他即

1.〔Scheherazade，《天方夜譚》中夜夜講故事不輟的蘇丹妃。〕

將返國的消息傳來，寺裡卻還有一處拱門尚未完成。她直接找來建築師，求他加快趕工，但建築師說若要及時竣工，她必須給他一吻。一個吻，單單一個吻。

帖木兒的妻子不僅非常美麗、非常貞潔，同時也非常聰明。她去市場買來一籃蛋，煮熟，染成十幾種不同顏色，然後召喚建築師進宮，叫他選自己喜歡的吃。他挑了一顆紅蛋。吃起來什麼味道？就是蛋的味道。再吃一顆。

他挑了一顆綠蛋。

那顆吃起來又是什麼味道？跟紅蛋一樣。再試一次。

他吃了一顆紫蛋。

只要新鮮，每顆蛋吃起來味道都一樣，他說。

這就是啦！她說。這裡每顆蛋看來各不相同，但味道全都一樣。所以你可以親吻我任何一名侍女，但請不要向我索討。

好吧，建築師說。但不久他又回來找她，端著托盤，盤上放了三個碗，看似都盛滿清水。

每一碗喝一口，他說。

她拿起第一碗喝了一口，然後第二碗，但喝到第三碗卻又咳又嗆，因為碗裡盛的不是水，而是伏特加。

伏特加和水看起來很像，但味道大不相同，他說。愛情也是這樣。

於是帖木兒的妻子吻了建築師的嘴。他回到清真寺完成拱門，同一天帖木兒也凱旋歸來，馳入撒馬爾罕，大軍浩蕩，旌旗飄揚，囚籠裡關著各國君王。但帖木兒去找妻子時，她卻迴避他，因為嘗過伏特加的女人不可再回後宮。帖木兒用木柄皮鞭抽打她，直到她說出自己吻了建築師，他立刻派劊子手馬不停蹄趕去清真寺。

眾劊子手看見建築師站在拱門上，立刻拔刀奔上樓，但當他聽見他們追來，便長出翅膀，飛到波斯去了。

這故事有著簡單的幾何圖形，以及孩童蠟筆的鮮明色彩。這故事裡的帖木兒之妻前額會橫畫一道黑線，頭髮綁成十幾二十根小辮，就像任何一個烏茲別克女子。她會在市場買紅白蕪菁給丈夫做晚餐，逃離丈夫之後或許就在市場討生活。或許她在那裡賣海芋。

大屠殺聖母

我的名字不在這兒也不在那兒，因為我在舊世界用過好幾個名字，現在不能提起；此外我還有過一個，所謂的，荒野之名，現在我也不再提了；再加上我在這裡自稱的名字，所以名字並不能提供任何關於我這個人的線索，我的生活也不能暗示我的本質。但我是主後一六□□年在舊英格蘭的蘭開郡呱呱墜地，父親是個農莊窮僕，他和我媽都在我還小的時候死於瘟疫，因此我和其他還活著的兄弟姊妹便歸教區管，他們後來怎麼樣了我不知道，但我嗎，我會一點針線活，也能打掃清潔，於是我九歲、十歲左右便被安排去幫傭，在一個住在我們教區的老婦家裡負責一切雜務。

這個老婦，或者該說老仕女，一輩子沒結婚，而且，我發現她是信羅馬天主教的，不過這一點她可不對人說，還有，她以前曾比現在富有得多。此外，她父親求子心切但只有這個女兒，便教了她拉丁文、希臘文和一點希伯來文，還留給她一支大望遠鏡，她用來在屋頂上看天觀星，儘管她的視力已經很差，看不出多少名堂，但看不到的部分她就用編的，因為她說她看不清楚這個世間，但對那即將到來的世界可是一覽無遺。她也常讓我瞇起眼看星星，因為我是她唯一的伴，又教咱寫字，就是你現在看到的這樣，而且原本還會把她所知的一切全教給我，若不是我一去到她家，她便用父親留下的星象圖和黃道儀器替我排了星座命盤的話。看過我的命盤，她說我這輩子怎麼也不會需要用上荷馬的語言，但她倒是教了我一些希伯來文口語，原因如下：

她為她親愛的孩子(她喜歡這樣叫我)徵詢星象，星象明確斷定我將橫渡大洋去到遙遠的新世界，在那裡生下一個受祝福的孩子，他的祖先從不曾搭乘挪亞方舟。經過一番累壞了眼睛的解讀，她得到的結論是，那些「荒野中的紅孩子」就是失落的以色列族，於是她教了我 shalom$_{1}$，還有「愛」和「餓」怎麼說，此外其他一大堆我都忘了，好讓我遇到丈夫時能同他交談。若不是我生性務實，一定會被她滿口的胡言亂語搞得頭腦不清，因為她老是說星象預言我長大後將成為「紅人聖母」。

因為，她說，遠在大海那一邊的國度叫做維吉尼亞，便是以大能上主的童貞聖母為名，那裡的河流直接發源自伊甸園，因此，當該地土著改宗皈依唯一真教——「我將這任務交給妳了，孩子」，她說著朝我唸起滿口聖母經——當這任務圓滿達成，哎呀呀，便是全世界的末日，死者將自棺材中再起，善人全都上天堂，我的小寶寶會頭戴金冠而坐，微笑俯觀一切。然後她便嘰哩咕嚕講起一大串拉丁文，朝自己身上畫十字。但我從沒告訴別人她的羅馬作風，也沒說她會看星象，否則她就算不被當成異端邪說者吊死，也會被當成女巫吊死，可憐人。

一天，老姑娘躺下後再也沒起來，她的親戚來了，把所有值半點錢的東西全收走，但他們可沒地方收我，我只有自謀生活。

我決定去倫敦，說服自己可以在那兒賺大錢，就這麼沿著公路走，睡在穀倉

1.〔希伯來文，「平安」之意，用於招呼或道別。〕

和樹籬裡，因為我身強體健，走得很快——五天就到了。一到倫敦，咱就偷了第一條麵包，免得餓死，但這立刻讓我開始墮落，因為有位紳士瞧見我把麵包塞進口袋，卻沒嚷嚷，反而跟在我後面走上街，然後抓住我的手問：我這麼做是因為不得已還是喜歡偷東西。咱火了，大聲說：不得已，先生！他說，只要他還有一口氣在，像我這樣年輕漂亮的「蘭開郡牛奶女工」就不該淪落到偷東西的地步，把我又誇又哄，帶到他很熟的一家酒店的一間房，房裡有張床。當他發現我從來沒做過那檔事，他哭了，羞愧得捶胸頓足，悔不該敗壞我的貞節，然後給我五枚金幣，我這輩子從沒見過這麼多錢，然後他離開，據他說是要上教堂去祈禱懇求寬恕，然後我就再也沒見過他了。這第一次幸運的失足之後，我就開始接客，「蘭開郡牛奶女工」不久便做起「蘭開郡娼妓」的好生意。

哪，要是我滿足於誠實地賣身，毫無疑問我現在一定還在戚普賽街上，穿絲綢坐馬車，永遠不會嘗到放逐的苦滋味。但可以說，我一眼看到他的金幣就一見鍾情，儘管起初做賊是因為不得已，但使我技藝精進的卻是貪婪，賣淫只是我的「掩護」，因為我的客人都色迷迷昏了頭，又常喝得醉茫茫，要扒他們這些活人的東西比拔死鵝的毛還容易。

一只從市府參事胸口掏出的金錶把我送進了新城監獄，因為我跟房東太太為房租起了爭執，她懷恨把他對我的投訴傳到治安官那裡。於是，正如我蘭開郡的老主母所言，我橫渡大洋去到維吉尼亞，只不過搭的是遣送罪犯的船。他們在我手上燒了烙印，罪犯都得這樣，然後把我賣到農莊去工作七年當作服刑，之後，他們說，我就自由了。

主人挺喜歡我，因為我還不滿十七歲，他把我從菸草田調到廚房工作。但工頭可不喜歡這樣，這樣我就嘗不到他的鞭子了，所以老是壞心糾纏我，說既然我以前在威普賽是妓女，來到維吉尼亞就別跟他扮誠實女僕。週日早晨，主人上教堂，屋裡只有我一個人，工頭就不安好心來截我，一手按上我胸脯一手伸進我裙子，說不管咱樂不樂意都得給他搞。我抓起大切肉刀，左一下、右一下，砍掉他兩隻耳朵。那場面真驚人！流了好多血，簡直像獵野豬，他又呻吟又咒罵，咱衝進花園，手裡還握著滴血的刀。

園丁正提著一籃蔬菜走來，看見我這副狼狽樣，叫道：「怎麼回事，妞子？」

「哪，」咱說：「剛才工頭想上我，我就砍了他耳朵，真巴不得砍的是他卵蛋。」

園丁是個好心的黑人，自己也是奴隸，也太常挨工頭的鞭子，於是忍不住大笑起來，但對我說：「那妳就得逃到荒野去，妞子，把妳的命運交給那些溫柔好心的野蠻印第安人。因為妳這麼做是得吊死的。」

他把自己的午餐包在手帕裡給了我，還給我他帶在身上的火絨匣，我把東西收進圍裙口袋，立刻拔腿離開莊園，可不是嗎，在我的長串罪名上又多加了罪大惡極的一項：逃離勞役。

我很會走路，你聽我說從蘭開郡走到倫敦也知道了，我一直走到晚上，然後坐下來吃了園丁的麵包夾培根，這時我已經離莊園十五哩多，而且一路很難走，因為我主人的菸草田是從森林開出來的地。咱的計畫是，一直走到英國人的領地以外，因為我聽說這沿岸也有西班牙人和法國人，到了那裡，我想，我可以跟陌生人重操舊業，因為妓女做生意只需要身上這層皮就行。

你必須知道，當時我毫無地理概念，以為從維吉尼亞到佛羅里達不過十天腳程，頂多十二天，因為我知道那裡很遠，而我能想到最遠的距離就是這樣，根本不知道美洲有多遼闊。至於印第安人，我心想，哼！就算碰到他們，我能用刀對付工頭，難道還怕他們嗎。於是我露天睡下，早上靠太陽分辨一下方向，然後繼續走。

我喝溪流的清水，這時正好是漿果成熟的季節，我就拿水果當早餐，但到了午餐時間肚子餓得咕嚕叫，我東張西望尋找更能填飽肚子的東西。我看見矮樹叢裡滿是沒見過的小動物和鳥，心想：「只要我用用大腦，怎麼可能挨餓！」於是我抽出鞋帶綁成一個小陷阱，抓到一隻毛茸茸的棕色小東西，類似兔子但沒有長耳朵，我割了牠喉嚨、剝了皮，插在我的切肉刀上，用好心園丁給我的火絨匣生火烤來吃。這下我只缺鹽巴和幾塊麵包了。

吃完午飯，我看到橡樹在這季節結滿橡實，心想可以用兩塊平扁石頭設法磨碎橡實代替麵粉，以前年月不好的時候人們也這麼做過。我琢磨，可以加水把這種麵粉和成麵團，然後放進火堆餘燼烘烤成餅，這樣就有麵包配肉吃了。如果星期五我想吃魚——當年蘭開郡的老主母就有這習慣——溪裡多得是鱒魚可以抓，徒手抓鱒魚這招每個鄉下女孩都會，跟扒人口袋倒也有點類似。我還想到，只要摘下桑椹曬乾，就能一個月都有甜的吃。計畫了這麼多可吃的東西，我心想：哎呀，我一個人在樹林裡也能好好過一段時間，就算吃肉沒有鹽！

因為，我想，我有刀有火，天氣又挺溫和，到處都結果實，這片人間天堂絕對養得活我！我可以用樹枝搭個遮風擋雨的地方，先避避風頭，等到沒耳朵工頭的事情冷下去，再慢慢往南走。而且，老實說，我已經聞夠了人的臭味，也不想太早到佛羅里達的哪個賭場重返人世。但為了保險起見，我想我還得往前走一點，更深入荒野，以免被追捕的人逮回去吊死。我可以告訴你，吊死這事兒我可是怕得要命，比我很了解的白人更可怕，也比我當時一無所知的紅人可怕。

於是我又走了一天，很容易就在野地找到食物；然後再走一天，除了鳥叫啥也沒聽到；但第三天我聽見女人唱歌的聲音，看見空地裡有個野人，心想趁她殺死我之前先殺了她，但我看見她沒有武器，只是在摘芳香藥草，放進一只挺精美的籃子。於是咱後退躲起來，以防她是某個莊園主的印第安僕人，儘管我確實認為我現在已經走得夠遠，走到沒有任何英國人來過的地方。但她聽見草葉的聲音，看見我，嚇一大跳彷彿看見鬼，打翻了籃子，芳香藥草灑了一地。

我想也沒想就一步踏出，幫她撿起灑落的藥草，彷彿我又回到了戚普賽，跑過去幫忙一個打翻一籃蘋果的女攤販。

這女人看見我手上的烙印，自言自語悶哼了一句，彷彿知道烙印的意思，但並不因此怕我，或者說，正因為如此而不怕我，但還是不喜歡我這德性。她不靠近我，只從我手裡接過籃子，彷彿打算把我留在森林裡。但我好喜歡她的樣子，這女人長得很俊，不是紅色而是奇妙的棕色，我突然靈機一動，打開我的胸衣讓她看見我的乳房，表示我雖然皮膚比較白，但也跟她一樣能夠哺乳。她伸手摸摸我胸脯。

她是個接近中年的婦人，全身上下只穿一件鹿皮裙，看見我的緊身褡——因為我還穿著我的英國服裝，儘管已經破破爛爛——她悶哼一聲，朝我做了個動作，我想意思是說這身鯨骨不是印第安土地的風俗。於是咱脫下緊身褡扔進灌木叢，呼吸可順暢多了。然後她比手勢，跟我要我插在圍裙裡的那把大刀。

「這下我完蛋了！」咱想，但還是交出刀，她笑了一下，但笑容很淡，因為這些野蠻人不像我們那麼容易流露感情。她說了一個字，我猜是「刀」的意思，於是我跟著說，朝刀一指，但她搖頭，手指沿著刀刃比畫，於是我跟著她說：「利」，或者用另一個英文詞，也可以說是：尖銳。就這樣，我說出了這輩子第一句阿爾岡金話，但絕對不是最後一句。然後，因為這婦人的身材就我看來似乎沒生過小孩，我想起女主人教過我的童貞女王，試著說了一句：「Shalom.」她也有禮地跟著我說一遍，但我看得出她不知道這是啥意思。

她朝我比手勢：要不要跟她一起走？我心想，工頭絕對不會到紅人堆裡來找我！於是咱跟著她走進那個印第安村落，我是這樣去的，絕對不是被他們「擄」去，儘管牧師不顧我的意願，總要說他們是用暴力，扯著頭髮硬把我帶走，如果他想這樣相信，那就隨便他好了。

他們整潔漂亮的村落外搭了矮木牆防禦，房屋用樺樹皮搭建，菜園裡藤蔓結了南瓜，空氣中滿是煮肉的香味，因為晚飯時間快到了。她們正在煮的是一種叫蘇口達許[2]的菜，一口大陶鍋放在明火上，前面蹲一個赤身裸體的野蠻人，神態平靜安詳，用樺樹皮做的扇子搧火。村落四周是整齊的田地，種著菸草和玉米，附近有條河。但我沒看到任何牲畜，沒有牛或馬或雞，因為他們不養牲畜。她把我帶回她家，她因為職業的關係獨自一人居住，給我水洗澡，給我一堆羽毛擦身體，於是我神清氣爽。

我聽說過這些印第安人都是妖魔鬼怪，習慣吃死人的肉，但那些光著身體在土地上玩娃娃的漂亮小小孩，哦！這麼可愛的小娃兒絕不可能是死人肉餵大的！而我的印第安「母親」——不久後我便這樣叫她——要我安心，說雖然北邊的部族同胞會把俘虜的大腿烤來吃，但那是一種，可以說是，聖餐的儀式，以吃食死者的方式榮耀他。我常跟牧師爭論這一點，說伊若奎族那種食物只不過是一種自然的彌撒。然後牧師就會說，要不是：我跟撒旦住在一起太久，習慣了他的作風，就是：羅馬天主教的彌撒不過是穿褲子的伊若奎人在吃大餐。

至於我，我在印第安人那兒吃的是魚、獸或禽肉，煮熟或燒烤，還有各式各樣的玉米菜色，各季節的豆子、南瓜等等，這種飲食非常健康，這裡鮮少見到病

2.〔succotash，新鮮玉米與萊豆(lima bean)加奶油或鮮奶油烹調。〕

人，我也從沒看過任何人癱瘓發抖、牙疼、眼睛痛、或者老來彎腰駝背。

因為天氣暖，這些野蠻人都光著身子，起初我看了臉紅，因為那季節男人只穿樺樹皮片，女人也只隨便包塊布。但不久後我就習慣了，脫下襯裙改穿母親給我的鹿皮裙，她還給我用貝殼刻的珠子串成的項鍊，因為她說她一直沒有女兒可以寵，直到樹林給了她這個女兒，她感謝英國人把我送來。

這婦人對我慈愛之至，我跟她一起住在她的小屋，因為身為部落產婆的她沒有丈夫，所有時間都用來照顧其他女人分娩。我在樹林遇見她時，她摘的藥草便是用來製作減緩產痛的藥劑。

這些所謂的半人半鬼是怎麼過日子的？男人很輕鬆，所有時間都閒著，只需要打獵或與敵人作戰，因為他們這些部落總是打來打去的，此外也跟英國人打；至於他們所稱的偉若宛司[3]並不是酋長或村裡的頭目，儘管英國人說他是，但他其實是打仗時衝在第一個的人，因此他通常比那些躲在後面指揮士兵的英國將軍勇敢得多。

就這樣，我住在印第安母親的小屋，跟她學習印第安人的風俗禮儀，比方跪坐在地上，吃放在面前席子上的肉，因為他們沒有家具。我學會處理鹿皮、水獺皮和其他毛皮，用來做成袍子，縫上貝殼和羽毛當裝飾。我圍裙裡有個針線盒，母親對那些鋼針非常滿意，也很高興有我的火絨匣，至於切肉刀她認為是樣奇妙的方便工具，因為他們沒有冶煉金屬的知識，不過女人用河裡的泥做出精緻陶罐，非常巧妙地以明火燒烤，而男人臉上也沒有半根鬍鬚，因為他們用石片做成剃刀，都能把自己的臉刮得乾乾淨淨。

我得說他們確實有一兩把槍，因為我到之前不久來了一個蘇格蘭人，用槍和酒交換皮袍，關於酒的影響我不想多講，只說他們喝了酒就發瘋，但至於槍呢，他們很快就學會使用。

收穫季節到了，他們收成玉米，在我看來是種可憐兮兮的小玉米，一根沒比我拇指大多少，我們在地上挖出六七呎深的洞，把吃不完的玉米曬乾存在地下。但挖土是非常費力的工作，因為他們沒有鏟子，除非從英國人那兒偷，因此我們用

3.〔werowance，指領袖、首領等。〕

木棍或鹿的肩胛骨克難代替。若說我對族裡有任何一點不滿，就是男人完全不碰農事，只顧在溪裡釣魚或追鹿或跳舞或做其他蠢事，說那些儀式能讓玉米成長。

但我母親說：「反正那些儀式也沒壞處，省得男人跑來礙事。」

等到天氣轉冷，我已經能用印第安話嘰哩呱啦了，活像一生下來就是講這種語言，不過裡面一個希伯來文字也沒有，所以我想蘭開郡的老主母搞錯了，他們不是失落的以色列族，至於讓他們改宗皈依唯一真教云云，我忙這忙那的根本沒時間去想。至於我的白臉，等到收成結束，也已經曬得跟他們一樣棕，母親又用某種深色染料染了我的淺色頭髮，於是大家也習慣我的存在，六個月過去後，你會以為我稱呼「母親」的這個婦人真的是我生母，以為我真的是土生土長的印第安人，只除了我的藍眼睛依然是一項奇觀。

但儘管我們感情深厚，天一冷我可能還是會考慮前往佛羅里達，習慣的力量就這麼強，要不是我看上了族裡一個沒有女人的勇士，他也看上了我，但他一個字也不說，似乎從頭到尾打算跟我來正經的，所以最後是母親對我說：「妳知道那個『高大山胡桃』吧，他想娶妳為妻。」「高大山胡桃」是他名字翻成英文的意思，在此地是個很普遍的名字，就像詹姆斯或馬修在蘭開郡一樣。

現在事情到了這地步，我哭了，因為他是個好男人。

「我怎麼能當那好男人的妻子、為他生小孩，因為我在家鄉是個壞女人。」

「壞女人？」她說。「這是怎麼回事？」

於是我告訴她我在戚普賽幹什麼營生，而且天生賊性。關於我賣淫的事，她很驚訝英國男人居然這麼費事，會花錢買我賣的這樣東西，因為印第安人的性全都是自由免錢的，否則就不做。至於我已不是處女，她笑著說：「要不是妳好，怎麼會有人要妳呢。」不過她對我偷東西的事感到很傷心，最後對我說：「唔，孩子，妳會從我的小屋偷碗或挽普皮帶[4]或袍子，然後自己留著不給我嗎？」

「我怎麼可能這麼做，母親。」咱說。「如果我需要任何東西，我用完就會還妳，就像妳用我們的針和火絨匣和切肉刀一樣。跟誰誰誰還有誰誰誰也一樣——」我說了幾個鄰居的名字。「而且老實說，這村裡沒有任何東西會激起我以往貪婪

4.〔wampum，以貝殼打磨的珠子編串成帶，北美原住民用作裝飾或貨幣。〕

的熱情；要是我肚子餓，有需要，印第安人土地上任何一個鍋裡的食物我都可以吃，因為習俗就是這樣。所以在這裡，欲望和需要都不能讓我做賊。」

「那麼在印第安人這裡，妳就不得不是個好女人啦，而且我想妳會繼續好下去。」她說。「何不嫁給那小伙子呢？」

村裡有些男人，比方將軍，或者神父（我這樣稱他是因為他處理宗教事務），娶的太太都不只一個，有三四個妻子為他們下田，但我不喜歡這樣。我要當丈夫家裡唯一的妻子，這是以往生活留下的一個我無法擺脫的怪念頭。這她很難理解儘管她自己從不曾是任何男人的妻子，因為，她眨眨眼對我說，她不太喜歡性愛，又太喜歡自己獨立。

「至於我們，我們太正派了，女人絕不會為結婚這種事跟朋友翻臉！」她說。「男人的妻子愈多，她們就愈有人作伴，也有更多人可以把小孩抱在膝蓋上哄，還可以種更多玉米，大家都會過得比較好。」

但我還是說，我只肯當他唯一的妻子，否則不嫁。

「聽著，親愛的，」她說。「妳愛不愛我？」

「當然愛，」咱說：「我全心愛妳。」

「那麼，若妳的情人說要同時娶我們倆，難道妳會因此少愛我一點嗎？」

但我低下頭不肯回答，怕她會要我的情人同時娶我也娶她，因為我實在太迷戀他了，想像不出任何女人，不管多麼固執己見，有機會的話會不想嫁給他。然後她打了我屁股一掌，叫道：「妳看，孩子，嫉妒是多麼要不得的事，居然能讓女兒跟自己母親翻臉！」

但看到我羞愧得哭起來，她便不再責備我，說她太老也太頑固，並不想結婚，何況那小伙子太迷我了，會願意依我的堅持以英國人的方式娶我。因為他們都受到教導要愛妻子，對妻子百依百順，不管娶幾個；如果我願意獨自一人辛苦翻墾一整片玉米田，他也不會干涉。

我們結婚時差不多是玉米播種季，他們載歌載舞慶祝，儘管真正彎腰播種累得要命的是我們女人。我來此滿一年的季節過了，冬天再度來臨，等到春天，我已為他懷了一個小勇士。陽光愈來愈熱，讓我滿身大汗、疲倦沈重、暴躁易怒，常咒罵著希望自己在英國，但我丈夫都承受了，看到他對我那麼溫柔感覺真是奇妙。

現在，我們村子的將軍舉辦會議，討論這一帶所有部落該怎麼解決爭端，共組一支大軍把英國人趕回家，有些人則說應該跟英國人訂條約，從他們那兒多弄點槍來，對抗其他那些我們的天敵部族。

但我要丈夫代我說——女人不參加會議，但習慣讓丈夫傳話——我要丈夫代我說，若想趕走英國人得全美洲所有部族聯合起來才行，而且到時候英國人只會人數倍增捲土重來，因為他們一心想用我以前所是的那類可悲可憐人來「殖民」此地。於是我直接了當告訴他們，所有印第安部族必須組成一個武裝精良的作戰大聯盟，絕對不要相信英國人說的半個字，因為英國人只要有機會就全會做賊，我就是活生生的證據，只有沒東西可偷時才戒得掉。

但他們不聽我的，無法達成協議，如果要打仗的話該怎麼打，是否要趁夜攻擊安斯頓，嘴裡啣著弓，像熊一樣手腳並用悄悄爬近；還是趁英國人出外打獵或落單時各個擊破；還是直接跟他們硬碰硬，就像兩軍對戰。最後這方法他們最喜歡，因為這是最正直的做法，但在我看來簡直自尋死路。還有些人堅持英國人是盟友，因為他們是我們敵人的敵人。於是他們全吵成一團，談了半天毫無結論，這讓我很難過，因為我懷了孩子，希望生活能過得平靜。

直到破水為止，我都還在菜園的豆畦拿著尖頭木棍挖地，然後才跑去找母親，一小時後——我判斷是這麼長時間，因為他們沒有準確計時的方法——她已在清洗我新生兒子身上的血了。

我們給新生兒子取的名字，翻成英文叫「小流星」，你或許會覺得好笑，但以前叫這名字的可有不少好漢。我把他裝在樺皮提籃，綁在一小塊木板上背著，對他的疼愛一如任何母親。就這樣，蘭開郡老主母的預言實現了，因為我兒子的父親完全不是閃、含或雅弗的後代，雖說我這母親比較像痛改前非的妓女抹大拉的馬利亞而非聖母馬利亞。但牧師是新教徒，不同意這一套，也不肯讓我說這種話。

但後來我才知道，原來這孩子的王冠將是淚水而非黃金打造。

如今，阿爾岡金人的聯盟瓦解了，英國人把各個村子往南逼趕，每個星期都更變本加厲，但我們的凶猛勇士擋住了他們一陣。這地區的將軍開了一場會，討論是該全部留下保衛家園，還是撤退，也就是說，在即將到來的收成之後拍屁股閃人、收起陷阱、離開田地，朝西邊走一點，去找新的土地。但後者他們很不想做，因為西邊有雷恰克里安人，那一族非常好戰，不是好相與的。於是他們先派出一群人打頭陣，對英國人以牙還牙，但我滿心畏懼，深怕丈夫沒法活著回來。

他把臉塗得又黑又紅，寶寶看了嚇得直哭，他們去了，也全回來了，斧頭沾血，屋脊上掛著好幾張黃髮頭皮，還搶來黃銅鍋、子彈、火藥，還有，唉，蘭姆酒。

然而我必須說，一眼看到這些英國人的頭皮，我只覺得高興，儘管他們與我髮色相同；然而牧師說我是個好女孩，上帝會原諒我在印第安人那兒犯的罪。

說到火藥，丈夫高大山胡桃告訴我，很多年前英國人第一次拿給將軍時，那些英國人邊說邊自己大笑，叫他像播種玉米一樣埋起火藥，這樣就可以長出子彈。從此之後印第安人就懷怨在心，被這樣當成傻瓜小孩取笑，而當初要不是紅人教英國人種玉米，他們早就餓死了。

他們帶回俘虜，綁在火藥桶上作弄，假裝要點燃一條長長的引信，就這樣把他丟在村子中央，對他醉言醉語咒罵，因為他們一喝酒就成了惡魔，這我必須承認。

我丈夫滴酒沒沾，清醒得很，因為他怕死了挨我的罵。「現在，親愛的，」丈夫說：「我必須請妳用妳的語言跟這人說話，好讓我們知道他的同胞是否終於想起他們以前和我們立下的某些盟誓和條約，還是他們真的要把我們趕到雷恰克里安人那兒，我們跟他們可不友好，要是被兩邊夾攻就糟了。」

一開始我不肯，因為我對這英國人有點憐憫，他們對待俘虜很不客氣，對這一個更是場殘酷的宴會，又喝酒又什麼的。然後我想起，我們這些戴著手銬腳鐐的罪犯在安斯頓下船時，我見過這人高高騎在馬上，於是憐憫之心當場煙消雲散。

當他聽見我說英文，「讚美上帝！」他叫道，立刻叫我以上帝與英國國王之名將這些部落全交到白人手裡，看到我手上的烙印，又加了句可以給我特赦。但咱給他看咱抱著寶寶，於是他什麼難聽的話都罵出來了，說我是異教徒的娼妓，於是我拿根尖棍戳進他肚子，好教他懂得禮貌。他痛得大叫，但關於軍隊的事、他們可能駐紮在哪等等，他什麼都不肯講，只說：受詛咒的種子會從土地上被驅逐。他們不想在他身上白白浪費火藥，就把他從桶上解下來架在火上，不久他就死了。

我翻看他的口袋，裡面全是錢幣，小孩子都跑來，拿金幣在河邊玩打水漂。但他的金錶我拿了，上緊發條交給丈夫，紀念我從市府參事那兒偷的錶。

「這是什麼？」他天真無知地說。此時錶正好走到中午十二點，響了起來，他嚇得吱吱呱呱丟下它就跑，錶掉在地上摔開了，齒輪和彈簧散落滿地，而我丈夫這可憐迷信的野蠻人，儘管他是全世界最好的男人，我丈夫跌坐在地拚命發抖，說那錶是「壞藥」，是不祥的預兆。

於是他跑去跟眾人一起喝得大醉。我翻看那紳士的文件，發現我們殺死了維吉尼亞全州的州長，於是我告訴他們這回事，滿心憂慮，但他們全喝得醉醺醺，根本沒法講理，醉了就倒頭大睡，但第二天太陽還沒出來，士兵便騎著馬來了。

他們焚燬成熟的玉米田，把防禦木牆也縱了火，因此木牆燒了，我們的小屋燒了，在火藥燃起的大火中我於是清楚看見這場大屠殺，一如光天化日之下。他們一槍射中我丈夫的頭，他正迷迷糊糊站在那兒，先前我一聽見大火就把他推出小屋，但他個子那麼高大，他們不可能漏掉他。喝醉酒又睡眼朦朧的可憐野蠻人全被趕盡殺絕。我抱起寶寶跑去躲在玉米田的稻草人裡，那是一座有支架、蓋著獸皮的平台，因此我逃過一劫。

但我頭髮著火的母親朝河邊跑時被那些士兵抓住，她看見我奔逃，大喊：「妳這壞心的女兒！」因為她以為我急著投靠英國人，但絕對不是這樣。然後他們侵犯了她，然後他們割斷她的喉嚨。一切都結束得好快，天亮時只剩下滿地灰燼、屍首、哀悼死去孩子的寡婦，士兵們倚著槍，滿意於這一夜的工作成果，滿意於他們為死去州長報仇的英勇行為。

寶寶大哭起來。那些禽獸之一聽見他的哭聲，穿過燒焦的玉米田走來，四處拍打草叢，推倒稻草人，我跌出來仰倒在地，寶寶從我懷裡掉出來，頭磕到石頭撞破了，尖聲慘哭起來，就連最鐵石心腸的人聽了也會立刻跑去顧他。但這士兵一膝蓋頂住我肚子，解開褲子打算強暴我，但他得有十個人的力氣才可能壓住我，不過他立刻停止了那可厭的動作，一臉驚愕。

「上尉！」他說。「你看！這裡有個藍眼睛的印第安婆，我從沒見過這樣的！」

他一把揪住我頭髮，把我扯到上尉面前，領導這些好士兵的軍官正好整以暇在水盆裡洗他沾滿鮮血的手，他部下則挑撿挽普和袍子當戰利品。他問我叫什麼名字，會不會說英文，然後荷蘭文，然後法文，然後又用西班牙文試著問我，但我只用阿爾岡金語說：「我是『高大山胡桃』的寡婦。」但他聽不懂。

最後他們靠耍詐發現我其實沒有印第安血統。其中一人一把抓起我在玉米田裡大哭的寶寶，拿出刀指著他，假裝要一刀戳進我的小寶貝。

「汝不可！」我大叫，若不是其他人緊緊抓住我，我會親手挖出他兩隻眼睛。聽見這個頭戴羽毛的印第安婆講起大咧咧的蘭開郡腔，他們都笑得要死。然後上尉看見我手上的烙印，說我是「逃犯」，說一定有人懸賞我，賞金比殺印第安人高得多。他還取笑我，說到了安斯頓，他們要在我臉上烙個R字代表逃犯，讓我再也不能給印第安人當妓女，也不能給任何人當妓女。但我只想要借他的手帕，沾點水擦拭寶寶頭上的傷口，最後他終於好心借給了我。

我好不容易把寶寶抱回懷裡，給餓壞的他餵奶，然後就跟軍隊走了，因為我別無選擇，母親和丈夫都死了，而且，老實說，我的心也碎了。其他倖存的印第安婆，我曾經姊妹相稱的那些，頹然跟在我們身後，因為軍人想要女人，而女人想要食物，新世界的那一片地方沒留下任何活著的勇士，此刻或許可以稱為「炸光了人的樂園」，而灌溉這片人間天堂的河裡流滿了血。

印第安婆都怪我，怪我為她們帶來厄運，以這麼殘酷的下場回報她們的善心。但我的哀傷又混雜了恐懼，想起那個耳朵被我砍掉的工頭，怕一回到有法治的地方，我的下場就是往下一掉[5]。

我們來到一處有幾間房屋的地方，那裡剛蓋好一座教堂，然後：「這是從撒旦手上搶救回來的人。」殺死我丈夫那人對牧師說，牧師叫我感謝上帝從野蠻人手中救回我，懇求主原諒我迷途違背了祂的旨意。我由此得到暗示，立刻跪倒在地，因為我看出這裡流行悔罪，我愈表現懺悔對我愈有好處。他們問我叫什麼，我回答了蘭開郡老主母的名字：瑪莉，此後就一直叫這名，作為她的鬼魂繼續活下去，而她的預言全都成真，只不過原來我是「大屠殺聖母」，我想我的雜種孩

5.〔指吊刑。行刑時，犯人套上吊索後，腳下的活板會打開使其身體下墜，故名。〕

子會永遠帶有該隱的標記，因為他左眼上方那個疤痕一直沒消。

牧師的妻子走出廚房，拿來一件她的舊袍要我穿上，遮住我的乳房以免丟人，但孩子一直哭鬧不肯安靜。但她是個正派人，牧師也是，因為他們不肯讓軍隊把我帶去安斯頓，付了一筆可觀數目給上尉讓我留在這裡，看在我無辜寶寶的份上。上尉哼哼哧哧，牧師又加了一基尼金幣，那好軍人把錢全裝進口袋，一行人都走了，牧師說要給我兒子取個聖經上的名字，以撒或以實瑪利之類的。「他本來的名字不就很好嗎？」咱說。但牧師說：「『小流星』不是基督徒的名字。」而我兒子必須受洗成為基督徒，靈魂才能加入有福的會眾，儘管在那裡這可憐孩子永遠不可能找到他爹。而這些死者又何時才能再起復仇呢？但我絕不用牧師取的名字叫他，四下無人時也只跟他說印第安話。

過了一陣子，故事傳來，說兩年多前印第安人悄悄闖進北方一處莊園，殺了工頭，偷走一個勞役女僕。園丁親眼看見他們揪著她的黃頭髮抓走她。我心想，園丁一定是自行清算了工頭跟他的舊帳，祝他好運，而如果他們要相信我是被擄走的，如果他們高興這麼想，那就隨便他們，只要他們不來煩我就好。由於牧師非常想拯救我的靈魂，他妻子又很喜歡我的寶寶（他們自己沒有孩子），所以別人確實都沒來煩我，因為牧師夫婦付了好一筆錢讓我們不受法律追捕。我當然也不是吃閒飯的，粗重的活可都落在我身上，提水劈柴樣樣都來。

於是我在牧師家刷洗地板，煮飯，洗衣，儘管牧師滿口信誓旦旦，說他們來此新世界建立上帝之城，但我仍然跟當年在蘭開郡一樣是個小女傭；何況這聖人的社群裡也沒有妓女的職缺，就算我真有半點想法要重操舊業。但我做不到，印第安人已經詛咒我永遠成為一個好女人了。

牧師太太常跟我說：「瑪莉，妳還年輕，賈別茲．馬瑟說他願意娶妳，因為他太太下痢死了，但他不要這個小孩，我就收養他吧。」但我永遠不會讓她把我的孩子當兒子，也不會讓賈別茲．馬瑟或任何其他男人當我丈夫，而只將坐在巴比倫的河邊哭泣。

艾德加・愛倫・坡的私室

想像坡置身於柏拉圖的理想國！那裡的美德他一點也沒有，不斯巴達得很哪，他。每當他傾壺倒酒迎接嚴謹的早晨，那些清醒的朋友便遲疑地同意：「早餐前就喝酒的人都不安全。」憂鬱的黑星在哪？別的地方，總之不在這裡。這裡永遠是早晨，堅定民主的天光將街頭幻魅刷洗殆盡，那些他危險雙腳必須走過的街道。

也許……也許憂鬱的黑星始終躲在壺底暗處……或許整件事是酒壺跟他之間的小秘密……

他轉身要回去看看酒壺，尋常日子的無情天光迎面打中他，宛如來自上帝之眼的一擊，打得他搖搖晃晃。在這沒有陰影的地方，他能躲到哪去？他們把理想國一分為二，他們將知識的蘋果切成兩半，白光照耀上半，其他部分留在陰影中。在此處，在北方，在這一切平等的緯度，你若想躲藏便必須自己製造陰影，因為理想國的英雄強光不容許任何曖昧，你不是聖人，就是陌生人。他在這裡是陌生人，一個來自維吉尼亞州、時運有些不濟的紳士，而且，可嘆哪，他不能召喚黑暗王子(永遠是完美的紳士)助他一臂之力，因為，在此地與正直白日恰成對反的絕對黑夜中，沒有貴族。

坡在獨立宣言的重壓下步履蹣跚。別人以為他醉了。

他是醉了。

流亡的王子踉蹌走過新發現地。

你說他反應過度?好吧，他確實反應過度。他家有戲劇的歷史。他母親是俗稱「出生在皮箱裡」[1]那種人，血管流的是油彩，九歲就首度粉墨登場，在一齣名為《城堡之秘》的大奸大惡通俗劇中蹦蹦跳跳上台唱民謠，身穿芭蕾吉普賽人的漂亮破衣衫。

那是十八世紀的傍晚。

此時，正在此時，遙遠的法國巴黎，巴士底監獄的可怕地牢裡，老薩德[2]正在打手槍。哼哧，呻吟，哼哧，在牢房地板上……啊——！他灑出龍牙種子[3]。每次射精，便從中冒出一群全副武裝、眼神狂亂的小矮人。一切都即將陷於譫妄。

坡未來的母親對這一切毫不知情，在剛孵化的美利堅合眾國蹦蹦跳跳上台，身穿芭蕾吉普賽人的漂亮破衣衫，唱一首舊世界民謠。她姿態如舞者優雅，歌聲尖高嘹亮，一頭深色鬈髮，兩頰粉嫩——多可愛的娃兒！那雙眼睛帶著某種天真無邪、直觸人心的動人神情，使煙霧瀰漫的觀眾席為她爆出多愁善感的如雷歡呼，戴皮手套的手大力鼓掌。那一夜，在舞台道具和燭火照明的粗魯蒼穹下，一

1.〔參見〈廚房的小孩〉第一段(頁一三五)。〕

2.〔指薩德侯爵(Marquis de Sade)。〕

3.〔典出希臘神話，英雄傑森追尋金羊毛的過程中為伊提斯王所難，其中一項任務要他下田耕種，灑下的種子卻是龍牙，每一顆均長出全副武裝的戰士攻擊傑森。〕

顆明星誕生了；但她將是一顆流星，在空茫中短暫閃耀，沿著無可避免的隕石軌道繼續向下落，落在舞台上走起台步。

但因為身材嬌小，青春期過去很久之後她仍能繼續扮演孩童，機伶的小傢伙、牙牙學語的幼兒，兩性皆可。然而她非常多才多藝，也能飾演奧菲莉亞[4]。她的聲音低沈悅耳，帶著獨有的甜美，這在女人身上是一大優點。當發瘋的奧菲莉亞四處分發迷迭香，哀戚唱道：「姑娘可知道，他離開人間了」[5]，座上沒有一個觀眾不眼淚汪汪，我可以保證。她還扮過茱麗葉和蔻迪莉雅[6]，如有需要也能稱職演出風流快活俏紅娘，甚至在幾度懷孕嚴重害喜的時候，她仍能微笑，微笑，哦！那口白牙多麼耀眼坦誠！

長子亨利出生了，次子艾德加緊接著報到，在她膝上與劇本爭位，在她背台詞時湊著她乳房吸奶。但她永遠能把台詞說得一字不差，就算一晚連飾兩角也沒問題：先演奧菲莉亞或茱麗葉，然後，比方說，再扮其後短劇的可愛小孩「小醃瓜」，因為當時觀眾看完悲劇是不肯離場的，一定要演員換裝重新出現，再來一段小短劇逗他們恢復開心才行。

小醃瓜是男角。她跑回後台休息室，解開背心最上面幾顆釦，露出乳汁漲得難受的乳房來安撫小艾德加；她這太肉感淫逸的男孩扮相先前引得觀眾又是鼓譟又是口哨，小艾德加被吵醒，跟著放聲哭嚎起來。

梳妝台上總放著一大杯黑啤酒或一瓶威士忌。若艾德加哭鬧不休，她便拿一團棉花沾些威士忌，給他當奶嘴吸。

＊

孩子的父親是個蹩腳演員，在她工作過的許多劇團裡只能偶爾跑跑龍套，通常都待在後台休息室照顧小孩。大衛·坡拿一小杯純琴酒湊上艾德加嘴唇，讓他保持安靜，紅眼的酗酒天使就這麼跳出烈酒瓶，鑽進小艾德加的襁褓。此時，舞台上，

4.〔哈姆雷特的情人，後因悲傷過度神智失常，失足落水而死。〕

5.〔《哈姆雷特》第四幕第五景。〕

6.〔《李爾王》中受誤解而遭驅逐的三女兒，後與李爾王團圓，卻旋即死去。〕

她的最後一個胎兒正在緊身束腹下努力組合起自己的皮肉骨骼，束腹保持了伊莉莎白．坡太太十八吋細腰的戲劇幻象，直到即將臨盆的最後關頭。

掌聲響徹木造圓舞台。坡太太是個慈母——因為我們沒有理由相信她不是——出了布景離了場，把一雙寶貝孩子抱在膝上，疲累的淚水滔滔湧出，溶過胭紅，濺在他們瘦弱小臉上。最後他們在父母爭執的單調吵鬧中入睡，但子宮裡那孩子驚恐地用透明雙手摀住尚未長全的耳朵。

（出生可能會是最糟的事。）

然而最後一個孩子終究還是出生了，那是七月的一個下午，在紐約一處廉價劇團宿舍、一張租來的床上耗了許多小時之後。蒼蠅嗡嗡飛繞窗玻璃，艾德加和亨利在地鋪上手握著手。產婆動用一副鈍鐵產鉗，才好不容易弄出不情願出世的小嬰兒；為了遮羞，床單架起布幕遮擋坡太太下半身，因此兩個學步幼兒只看見產婆揮舞著她那可怕器械，然後在筋疲力竭的沈默中聽見新生兒尖銳哭喊，像冰刀刮在冰面，一個血淋淋如剛拔下的牙的東西夾在產鉗裡扭動。

是個女孩。

妻子臥床分娩期間，大衛·坡待在附近一家酒館，以酒為嬰孩施洗。回來看到房中一片亂，他吐了。

然後，就在兒子困惑的眼前，他開始變得虛幻不實，逐漸消滅。他身形立刻沒了輪廓，開始憑空搖晃。暮色中，媽媽睡在床上，新生的紫褐肉蕾睡在床旁椅上的籃子裡。空氣隨著父親的缺無而顫動。

他一個字也沒對兒子說，只是繼續蒸發，最後完全溶解不見，房裡唯一留下的他曾存在的證據，是磨損起毛地板上的一攤嘔吐物。

被拋棄的妻子一待起得了床，便帶著哭嚎的兒女南下維吉尼亞，因為她已簽約要到南方巡演，又沒有積蓄，孩子們只能吃她的血汗。她用皮箱拖著他們到查爾斯頓，到諾福克，然後回到里齊蒙。

在南方，正值臭烘烘的盛夏。

密不透風的更衣室中，她脫得只剩襯裙，將漲痛雙乳的奶水擠進杯子。最後一個孩子必須在母親死前斷奶。

她咳嗽。她在如今憔悴的顴骨上塗了更多又更多胭紅。「我的孩子！我的孩子怎麼辦？」她眼睛閃亮，不久便出現一種不屬於這個世界的熱病般光輝。不久她便再也不需要胭紅，臉頰自動出現豔勝胭紅的紅斑，前額冒出粗大明顯、搏動柔軟的青筋，像史提頓乳酪的藍紋。如今，身穿背心長褲扮小醃瓜的她再也唬不過任何人，她魂不守舍的演出多了某種絕望，某種致命的氣息，使看的人既驚迷又反感，簡直像在她臉上看見活生生的死亡。她的鏡子，那身為女演員之友、讓她看見自己搖身變成哪個角色的魔鏡，不再照出任何角色，只映現骷髏頭。

潮濕陰鬱的南方冬季簽下了她的死期。為演出告別作，她穿上發瘋的奧菲莉亞的睡衣。

幽魂馬伕應她召喚而來，艾德加望向窗外看見他，黑馬無聲的蹄在石板路上踏出火花。「爸爸！」艾德加說，以為父親終於在這最後緊急關頭重新組起自己，將把他們全變到另一個更好的地方，但他定神一瞧，在凸圓月亮的光芒下，看見馬車伕的眼眶爬滿蠕蟲。

他們告訴她的孩子，如今她不會再回來謝幕了，不管大家對她的告別多麼激烈鼓掌。戲迷送的花束堆滿她的靈車：「但願她潔白無瑕的肉體開放出紫羅蘭鮮花。」[7]（座上沒有一個觀眾不眼淚汪汪。）三個小孤兒分送善心人家。三人最後一次親吻那冷如陶土的臉頰，然後彼此親吻道別，艾德加離開亨利，亨利離開那不動也不哭、只靜靜躺著緊閉眼睛的小小嬰孩。三兄妹何時才能再聚？教堂鐘聲響：永不永不永不永不永不。

今後將出錢供艾德加吃飯的監護人，是維吉尼亞州好心的愛倫先生，他牽著小手將孩子帶離喪禮。艾德加把名字中間騰出空位，容納愛倫先生。當時艾德加三歲。愛倫先生將他帶進南方的富裕家庭，但別以為母親什麼都沒留給艾德加，儘管死去的女演員只能留給他無法被取走的東西，亦即：若干破碎襤褸的記憶。

7.〔《哈姆雷特》第五幕第一景。〕

伊莉莎白·坡太太之遺囑

◎項目：餵養。在後台休息室吸吮的乳頭，一待輪她上台便從嬰兒無牙的嘴裡抽走，因此，關於餵養，他將只留下飢渴的記憶，永遠不得滿足。

◎項目：轉變。此項遺物模稜兩可得多。差不多是這樣……艾德加躺在成堆假華服上的道具籃裡，看她往臉上塗塗抹抹。燭火使鏡子變成俗世祭壇，她朦朧的臉在鏡中游動，有如魔法魚。如果你抓住牠，牠就會實現你的夢想，但媽媽滑溜逃過了欲望撒下捕捉她的所有漁網。

她戴上玻璃耳環，別好堅果棕的頭髮，將一條棉胚布纏繞在頭上，一時間看來像具屍體。然後戴上黃色假髮。你一會兒看見她，一會兒看不見她；一眨眼，棕髮女郎就變成金髮。

媽媽轉過身來，變成他在鏡中瞥見的那位美麗女士。

「別摸我，你會把我衣服弄亂的。」

然後在塔夫綢的低語聲中消失。

◎項目：女人內在都蘊含一聲叫喊，一樣需要取出的東西……但這記憶極微薄，只會以模糊型態出現，使他對肉體交合的可能感到難以言喻的懼怕。

◎項目：對人必有死此事的意識。因為，她最後一個孩子一出生，甚至可能在生產前，她便私下開始排練垂死的漫長角色；一待開始咳嗽，她便別無選擇。

◎項目：一張臉，一張完美的悲劇演員的臉，他的臉，白色皮膚緊繃在細緻白骨上，形銷骨立的最後階段，清透得神奇。

坡太太死後三星期，她最後演出的里齊蒙戲院毀於大火，因為一枚仍在悶燒的雪茄菸蒂被隨手扔進凹凸不平的地板裂縫。一切都燒成了灰。儘管愛倫先生告訴艾德加，他母親必有一死的皮囊已裝入棺材埋葬，但艾德加知道，某個她經常變成的人仍活在她梳妝台鏡中，不受限於使她身體腐爛的物理法則。可是如今鏡子也沒了，所有美麗的、碰不得的、變化多端的、不真實的母親，全在道具與景片的火葬柴堆中化成一股煙。

大火的火星高高竄入半空，留在天上變成星座，只有艾德加看得見，而且只在某些靜定的夏夜，那些由奴隸從非洲帶來的炎熱、富饒、溫和的藍色夜晚，發酵出流亡音樂的天氣，心碎和熱病的天氣。（哦，那些淫逸的夜晚，像某種禁忌！）這些看不見的星高高掛在天空，形成一張悲傷不已的臉孔。

戲劇幻覺的本質；你所看見的一切都是虛假。

在沒有理由說明任何事物為真的年齡，這易受影響的敏感孩子就暴露在戲劇幻覺中，想想看，它對他特別可能造成什麼影響。

他一定常搖搖晃晃走上舞台，當劇場空無一人、布幕拉下，看來就像為降靈會準備的廳室，等待觀者的眼睛創出神秘的那一刻。

在這裡，他會發現繪製的布景，比方一座古堡——古堡耶！那是這裡的人不可能建造的城堡，歌德式城堡，包括貓頭鷹和長春藤一應俱全。頂棚畫著一叢叢樹，巨大橡樹之類的，全是二度空間。人造陰影落在各個不該有陰影的地方。一切都不是表面看來那樣。你撞上一座看來結實粗重、穩若磐石的鍍金寶座或可怕拷問臺，結果它被你踢到一邊，原來它是硬紙板做的，輕如空氣——連你一個小孩都可以把它扛走，坐上寶座當國王，或者躺上拷問臺遭受痛苦。

一陣不祥的嘰嘰嘎嘎聲響嚇壞了小小年紀的你，你驚跳轉身，想看背後發生了什麼事，哎呀，連古堡都懸在半空！舞台工作人員含糊不清的叫喊和咕噥咒罵中，它嗨唷嗨唷向上升去，代之降下的是茱麗葉的墳或奧菲莉亞的墓，一個跑龍套的匆匆走來，手裡抓著約力克的頭骨[8]。

那些滿口髒話的娼妓把你抱上她們枕頭般的膝上顛動逗哄，拿一杯酸黑啤酒湊上你唇邊，現在她們聚在舞台側翼，變成了修女或什麼。絲絨布幕把你跟滿肚啤酒、滿身菸垢、需索無度的群眾隔開，他們付了小錢來看這些超驗儀式，現在，在你看不見的那一邊，傳來跺腳、敲打、吵雜聲，傳達他們的期望。一個跑龍套的猛一把抄起你，將抗議不休的你抱去跟亨利待在一起，亨利已經乖乖埋頭看圖畫書，那兒有一小袋糖果給你，還有蘸了私酒的手帕一角，頭戴王冠、拖曳長長裙襬的媽媽以豔紅嘴唇在你額上輕柔一吻，然後走向那群烏合之眾。

在他額上，她塗了胭脂的嘴唇留下該隱的印記。

在易受影響的小小年紀，他親眼看見城堡之秘的本質——那一切可驚可怖都是畫出來的紙板，但仍然能嚇壞你——但他看到的另一樁神秘就比較難以理解了。

在他一再哀求之下，偶爾，若他能乖乖安靜像小鼠，便能獲准待在側翼觀看。眼睛瞪得圓圓的小孩看見，如果有需要，奧菲莉亞一晚可以死兩次。她的葬禮全都是操之過急的。

第四幕，兩名肌肉發達的龍套演員把包著屍布的媽媽抬上舞台，在眾人的一臉哀傷中將她放入地下室，但一到謝幕時刻她便一躍而起，撣去入殮衣衫的塵埃，補點眼影，跟其他復活的不死之人一同行禮謝幕，那些人，甚至哈姆雷特王子，原來也都跟她一樣不會死。

於是，他怎能真心相信她不會再活過來，儘管他身穿愛倫先生善心提供的黑衣，跟在她棺材後搖搖擺擺走到墳地？等到某個黃道吉日，那幽魂馬車伕必定會回來，爬下車頂座位，打開車門，她會應聲走出，身穿他最後一次看見她時那件白睡衣，不過他希望這段期間睡衣已經洗過，因為上一次看到它時，睡衣染滿出血留下的斑斑血跡。

8.〔《哈姆雷特》第五幕第一景，掘墓人挖出的頭骨之一。〕

然後夜空中那透明星座會熄滅消失，四散的原子會重新組成完整又完美的媽媽，他會立刻飛奔進她懷抱。

此時是十九世紀的上午。他在蓄奴州的黑色星星下長大。女人被床單遮掩的那部分令他畏縮退卻。他長成了男人。

艾德加一長大成人，富裕生活便離他而去。愛倫先生對這孩子敞開的心和錢包如今一併收緊，將他驅逐。艾德加撢去鞋跟上甜美南方的灰塵，急急奔往北方闖天下，那裡的天光容不下他喜愛的明暗光影對比。現在，艾德加得靠自己的紊亂心智過活。

乳頭從溢著奶汁的嘴裡抽走，塞進胸衣；鏡中照出的不再是媽媽，而是個素昧平生的陌生人。他向她伸出手，露出恍惚出神的微笑，她走出鏡框。

「我親愛的，我的妹妹，我的生命，我的新娘！」

他不久便娶了這個少女，並不失望於她的小小年紀；她不正是茱麗葉的歲數嗎，年方十三？

在她高高的額頭上，濃密華澤的秀髮形成遮蔭屋簷，髮色一如永難再見的渡鴉羽毛[9]，黑得像他的西裝，西裝上的縫線則由忠實的岳母以墨水塗黑，以免暴露衣衫磨損的痕跡。如今他總是一身黑貂色，準備好參加下一場喪禮，黑大衣一路扣到領口，他永不破壞這身絕對喪服，永不露出一丁點白襯衫的前襟。有時岳母不在，沒人替他漿洗衣物，他便省下洗衣費用，根本不穿襯衫。

他髮長及領，外套後領已被窮困磨損。他的雙眼多麼悲哀，在他難得一見的微笑中有太多悲傷，讓人看了也快樂不起來，又有太多苦惱，你可能會把他的笑誤認成愁容或發抖；只有他對前額猶如墓碑的年輕妻子微笑時例外，那時他的笑容會帶著未亡人的溫柔，彷彿已看見她眉頭刻著：某某之愛妻在此長眠。

9.〔典出愛倫・坡名作〈渡鴉〉（The Raven），詩中渡鴉一再鳴叫著「永難再見」（Nevermore），令追悼亡人的敘事者更加觸景傷情。〕

她肌膚白如大理石，名叫——你能相信嗎！——「維吉妮亞」，這名字正適合他離鄉背井的懷舊之情，也適合她的處境，因為這娃娃新娘到死都是處女。

想像這兩個無罪的孩子一同躺在床上！多麼可惜！

因為她來到他身邊時便已有嚴格禁忌重重護衛——不得侵犯孩童的禁忌，不得侵犯死者的禁忌——因為，說得不客氣一點，她向來不都看似一具會走路的屍體？但她是多麼美麗，多麼美麗的屍體啊！

此外，一具沒有太多要求、節省開支、又具裝飾性的屍體，不正是境遇潦倒紳士的最佳妻子？總被疑神疑鬼的四壁壓迫的紳士？

維吉妮亞．克蓮。在北英格蘭方言裡，「克蓮」表示很冷。「我好克蓮。」維吉妮亞．克蓮。

她帶來了堅韌、耐久、勤奮的母親，為他們打掃、做飯、管帳，比他們活得更長，比他們兩人都活得更長。

維吉妮亞不太聰明，不過倒也絕非發展遲緩的可悲病例，不像他失落的親生妹妹，在養父母家過著不算存在的夢般生活，植物般生活，永遠拒絕參與，一朵不綻放的花苞。(他們個個籠罩陰霾：哥哥亨利不久就死了。)但時間一年年緩緩度過，維吉妮亞仍停留在十三歲，一個單純的小女孩，她的甜美性格是他唯一慰藉，說話也總是漏風，連她開始排練垂死的漫長角色時亦然。

她步履輕盈一如亡魂，走過自家的小小花園時簡直連根草都沒踩折。她說話、唱歌的聲音多麼甜美，他們小屋的起居室放著她的豎琴，她母親又掃又擦，讓一切光潔如新。若干賓客聚集在那裡，接受坡夫婦的樸素款待，他大發精彩言論，他的女眷則確保飲料只有茶，因為大家都知道他一沾酒就完蛋，但維吉妮亞倒茶的姿態是那麼單純優雅，每個人都為之著迷。

他們懇請她在豎琴旁坐下，自彈自唱幾首舊世界的民謠。小艾高興地點頭：「去吧。」於是她輕輕撥動琴弦，白皙瘦長的手指那麼纖細那麼蒼白，讓人簡直以為可將她指尖如蠟燭般點燃，變成輝焰的「榮耀之手」[10]，將全屋人，除了魔法

10.〔「榮耀之手」(Hand of Glory)是西洋黑魔法中一種作法道具，砍下殺人兇手被處死後仍吊在絞架上屍體的右手，加以處理後在指縫間插上用另一名殺人死刑犯的脂肪與頭髮製成的蠟燭，或直接將此手浸於蠟中，便可點燃，見者將呆立啞然，利於小偷入屋行竊。〕

師本人，催入深沈如死的睡眠。

她唱：今夜吹著冷風，我的愛，

　還有幾滴雨。

他拿草稿捻成紙捲代替蠟燭，悄悄取來火光。

　我一輩子只有一個真愛

　她躺在冰冷土地裡。

他一根根點燃她的手指。

　過了十二個月又一天

　死者張口開言。

眼睛閉上，她雙眸各蘊含一朵火焰。

是誰坐在我墳上
不肯讓我安眠？

眾人皆睡。她的眼睛熄滅。她睡去。

他調整一下這死氣森森的分枝燭台，使輝耀火光落在她雙腿之間，然後忙著掀開她的襯裙。她指尖燭火照得明亮。別以為打動他的不是愛；能打動他的只有愛。

他不畏懼。

他臉上掠過小奸小詐的狡猾神情，從後褲袋抽出一把偌大鉗子，動起手來，一顆接一顆，一顆接一顆又一顆，拔去那些利齒，就像當年產婆那樣。

一切沈默，一切靜止。

然而，正當他把最後一顆兇狠犬齒高舉在她毫無知覺的躺倒身形上，深信自己終於為欲望驅魔，他卻突然面如槁木死灰，湧上排山倒海的寂寥苦痛，因為聽見門外傳來隆隆車輪聲。馬車伕不請自來了。她出身高貴的親戚的陰沈密使傲慢大叫：「序曲和開場戲，請開始！」她將一團沾了烈酒的布塞進他嘴唇，在絲料沙沙聲中離去。

睡去的人們醒來，告訴他他喝醉了。但他的維吉妮亞已經沒有了呼吸！

廉價威士忌充當早餐之後，他在鏡前梳洗，突然起念刮掉鬍子，變成另一個人，好讓那些自妻子死後便纏擾他不休的鬼魂認不出他，不再來煩他。但當他刮乾淨鬍子，鏡中升起一顆黑星，他看見自己的長髮和悲傷不已的臉已經變得太像他失去的心愛之人，他當場呆立如石，手裡握著足以割喉的剃刀。

當他驚迷又反感地盯著鏡中倒影，那張既是他又不是他的臉，他的頭骨棺材開始震盪，彷彿他發起一陣強烈顫抖。

晚安，甜美的王子。

他抖得像一片即將吊離遺忘的布景。

燈光！他叫出聲。

他搖晃起來，可怕呀！他開始溶解了！

燈光！更多燈光！他叫道，就像詹姆斯一世時代悲劇的主角在謀殺開始之際，因為黑星正將他吞沒。

遵從舞台指示，理想國的雷射光轟向他。

他的骨灰在風中飛散。

《仲夏夜之夢》序曲及意外配樂

叫我「金色阿同」就好。

母親在南方荒野生下我，但，就像我泰坦妮亞阿姨說的：「可惜她是凡人，生下這男孩，就死了」[1]，不過「男孩」有點言過其實，她這是剪去我不合尺度的地方，使我變得不曖昧模糊，好讓選角導演輕鬆一點。因為，雖說「男孩」也算正確，但並不夠。而甜美的南方也一點都不荒野，哦，一點也不！那是片美好的土地，滿山遍野長著檸檬樹，多得遠超過你們以歐洲為中心的愚蠢想像。我是陽

1.〔《仲夏夜之夢》第二幕第一景。按，方平原譯做「生下這孩子」，此處因顧及後文，酌改為「生下這男孩」。〕

光的孩子，微風的孩子，那風甜蜜多汁如芒果，神話詩般愛撫著蔻拉曼德海岸，在那斑岩與青金石的印度沿海，一切都明亮確切一如清漆。

我泰坦妮亞阿姨。應該跟你們說清楚，她不是我親阿姨，沒有血緣，沒有臍帶連結，而是我母親最好的朋友，母親離去前將我託付給她，於是我一直叫她「阿姨」。

泰坦妮亞，她，又肥又胖、愛出風頭、粉紅皮膚、金髮藍眼，我稱她「夫人」[2]，奶—奶—奶彈妮亞(因為她全身上下第一引人注目的就是奶子，大得活像充氣飛船)，奶—奶—奶大媽媽咪呀把我裝進她從陸海軍合作社買來的大皮箱，貼上「隨身行李」(哦，是的，確實如此！)標籤，託運到這裡。

來到這——哈啾！——濕不拉答的雜種樹林感冒凍死。下雨，下雨，下雨，下雨，下雨！

「六月流火。」小仙子諷刺地咕噥，滿臉鬱悶。他們當然很有理由鬱悶，可憐的小東西，小小翅膀全濕透貼在背上，濕淋淋得幾乎飛不起來，就算飛起來也會立刻在傾盆大雨中歪歪倒倒，嘩啦啦迫降於捲起的蕨葉之間，發出可憐兮兮的尖細叫聲。「從沒見過這麼爛的天氣。」小仙子在玫瑰叢中抱怨，那些玫瑰在這惡劣天氣擺出——我必須承認——勇敢的淡彩花朵秀，樹叢不斷被連串又連串的微小噴嚏震得顫抖，積在淺色野玫瑰平扁花瓣上的雨滴都濺灑出來，因為仙子的小小身體沒有可以放手帕的地方，而他們全跟我一樣得了嚴重之至的感冒。

我在富麗精緻、滿是孔雀珠寶色彩的國度長大，根本無法適應英格蘭這種又濕又灰的仲夏。這簡直是仲夏夜惡夢，我說。風吹捲而來，連最高大橡樹的樹枝都被折斷，跟比較容易動搖倒下的榆樹一起吹落，橫七豎八像醉鬼不支倒在凌亂的仙子草地[3]。打雷，閃電，晚上還有熾亮的星星飛掠而下轟炸樹林……你們這溫帶氣候一點也不溫和，我沒好氣地對泰坦妮亞阿姨說，但她把這一切全怪在奧伯朗姨丈頭上，他的喘氣會變成雷聲，而他一自瀆就會下雨，這樣看來他差不多整

2.〔Memsahib，印度人對歐洲婦女的尊稱。〕

3.〔一圈與四周草地顏色不同的草，鄉野傳說是仙子跳舞留下的痕跡（事實上為蕈類造成）。〕

天都在自瀆，無疑邊做還邊想著我。想著我！

奧伯朗滿肚子都是氣惱和煩憂，
為了仙后不答應他一個要求。
從印度國王那兒她偷來個男孩，
十分乖巧伶俐，做她的侍從。
奧伯朗看得眼紅，一定要那孩子。[4]

你看，又是「男孩」，這根本連一半事實都不到。錯誤訊息。父權版本。從來沒哪個國王跟這事有關，全都是我母親跟我阿姨之間的問題，是吧？

再說，小孩可以用偷的嗎？或者給？或者拿？或者賣為奴隸，該死的？這些英格蘭金髮小仙子難道是殖民主義原型的幫凶？

為了維持我複雜的整體性，我對這一切表示強烈反對。我在這裡。我在。

我是阿同，這是「雌雄同體」的簡稱，一個睪丸，一個卵巢，兩性各半，但加起來遠超於此。垂在這裡可伸縮的優雅器官……可不是女同性戀發達的陰蒂，不折不扣是挺立的生殖器，而底下那有著天鵝絨唇邊、可以閉合的美妙開口，我向你保證，就是另一性的通行大道。懂了吧。

你盡量看。我不害羞的。很了不得吧，嗯？

大家叫我金色阿同，因為我渾身金色；我出生時，愛玩的小小天使吸飽氣鼓起嘴，把薄紙般的金箔吹呀吹滿我四肢，然後金箔就永遠黏住了。看我閃閃發亮！

現在我站在這兒，站在滴水的樹下，腳下是濕答答茂盛長草，混雜著拖在泥水裡的雛菊和分枝燭台似的毛茛，花瓣全被風雨打落，只剩綠色禿頭。還有討厭的老鸛草。還有刺人的蕁麻，它們簡直是林地的葡萄牙傭兵，我第一次碰上它們時可吃了不少苦頭。還有豌豆花和芥子[5]和無數我不認識的野草，全是那種洗褪色一般難看的粉紅、黃和劍橋藍。真無聊。在樹下，在宛如廢棄房屋裡

4.〔第二幕第一景。此處「男孩」原做「兒童」。〕

5.〔「豌豆花」和「芥子」也是《仲夏夜之夢》中兩個小仙子的名字。〕

的威廉・摩里斯[6]壁紙的濕爛花朵中，我，為了保持頭腦平衡和心理健康，擺出所謂樹式的瑜珈姿勢沈思，也就是說，只用單腳站立。

我身上既有箭也有標靶，既有傷口也有弓，既有湯匙也有盛麥片粥的淺碗，左手拿一朵現在有點敝舊的蓮花，右臂纏著蛇。

我是金色，全身赤裸，男女一體。

我金色的臉上永遠帶著古老微笑，只除了——

哈啾。

該死的西方感冒病毒。

哈啾。

金色阿同站在綠色樹林裡。

這片樹林當然離雅典一點也不近，那齣劇本充滿引人誤入歧途的不實線索。

事實上，這片樹林位於英格蘭中部某地，可能靠近那偉大解碼機器[7]所在的布雷齊理。更正：這片樹林從前位於英格蘭中部，直到幾年前橡樹、梣樹、荊棘全被砍掉，騰出空地蓋公路。不過，既然這樹林從一開始便只為提供想像架構，如今也就繼續扮演裝飾性綠地，存在於詩人對自己所承諾之永恆的邊緣。那是個英國詩人，所以他想像的樹林本質上是英國樹林。這就是英國樹林。

英國樹林完全不同於佔據北歐人想像的那種死靈魔法黑暗森林，森林裡住著死者和女巫，一雙雞爪的芭芭尤嘎[8]在屋裡晃來晃去，尋找要吃的小孩。不。這樹林和那森林有著質而非量的差別。差別並非在於樹林的樹比森林少、佔地也小，那只是差別的起因之一，也不能解釋差別所造成的影響。

6.〔William Morris（1834-96），英國詩人、藝術家、社會改革者，提倡回歸中古世紀的設計、工藝、社群傳統。一八六一年與羅賽提等前拉斐爾派畫家成立設計公司，生產的裝飾品以精細手工及自然美感聞名，直接啟發了藝術與工藝（Arts and Crafts）運動，此運動影響遍及歐美，以及日後的新藝術（art nouveau）風格。〕

7.〔即著名數學家阿蘭・圖靈（Alan Turing）於二戰期間所製作破解德軍密碼的機器。〕

8.〔Baba-yaga，俄羅斯民間傳說中專門吃小孩的怪物。〕

比方說，英國樹林，不管再怎麼神奇、再怎麼充滿形變，都不可能毫無路徑，儘管可能像座難以走出的迷宮。但迷宮總是有一條出路，就算暫時找不到，你還是知道出路確實存在。迷宮是人類頭腦的產物，跟人類頭腦也有些類似：當你迷失在樹林裡，這比喻總能帶來一些安慰。但迷失在森林裡就等於跟這個世界從此脫節，被日光拋棄，完全迷失自己，毫無保證你能找到自己或被別人找到，非自願——或更糟的是出於自願——被拘禁在永無人跡之處，那是事關存在的大災難，因為森林就像人心一樣無邊無際。

但樹林是有邊際的、封閉的，在樹林裡你故意走岔路，好享受四處漫遊的樂趣，暫時失去方向的感覺就像度假，假期結束後你會神清氣爽回到家，口袋裝滿堅果，手中滿握野花，腿上沾著某隻鳥落下的羽毛。那森林是鬧鬼的；這樹林是充滿魔法的。

樹林裡可能的危險，以種種聲音影像為微微恐懼增添一股愉快的刺激；一隻雉雞飛起的迅速撲拍聲，貓頭鷹撲落的天鵝絨般聲響，一閃而過的紅色狐狸——這些全可能「嚇你一跳」，但這裡沒有淘氣鬼或邪惡妖魔讓你失神喪氣，因為英國各式妖精反映的正是世俗一般對大自然不會帶來傷害的信心，一部分原因在於氣候溫和。（聽到沒，阿同？這兒可沒有色彩熊熊燃燒的老虎，沒有渾身鱗片的巨蟒，也沒有全副武裝的蠍子。）自從英國的狼被趕盡殺絕，樹林裡再也沒有什麼能嚇壞你的野蠻東西。在穿透枝葉的陽光下一切溫和，象徵豐饒多產的精靈羅賓．伍躲在蔥鬱陰影裡，這樹林對戀人是友善的。

事實上，樹林或許可稱為村人的共同花園，幾乎跟培根所說的「自然荒野」一樣刻意保持野性，林中每一隻蟾蜍腦袋裡都有寶石，所有花朵都有名字，沒有任何未知事物——這種荒野不具他者性。

而且總找得到東西吃！大自然母親的蔬果雜貨店：煮湯的酸模，蘑菇，蒲公英和繁縷可以拌沙拉，薄荷和百里香用來調味，野草莓，黑莓，秋天還有大量堅果。尼布甲尼撒若來到英國樹林，就不必只吃草[9]。

9.〔典出聖經〈但以理書〉第四章，巴比倫王尼布甲尼撒（Nebuchadnezzar）做夢不得解，問於但以理，但以理解道：「你必被趕出人世，與野地的獸同居，吃草如牛」（4:25）。〕

英國樹林讓我們瞥見一個沒有墮落的綠色世界，比我們所在之處離天堂近一點。

英國樹林就是這樣，在這兒我們看見熟悉的小仙子，搞不清楚狀況的未婚夫妻，粗魯的機械工。這是真正的莎士比亞樹林——但並不是莎士比亞時代的樹林，那時代並不知道自己是莎士比亞時代，因此不覺得有必要維持事物的原來模樣。不。我們剛才形容的樹林是十九世紀的懷舊想像，給樹林消了毒，清除其中的墳墓，也除去前一個世紀的迷信在林中裝滿的各種醜惡低等生物。或者該說是去除自然，將那些生物去勢，使它們看來就像令柯南．道爾深深著迷的小仙子照片。那是孟德爾頌的樹林。

「走進這著魔的樹林……」誰能抗拒如此充滿魔力的邀請？

然而，維多利亞時代的人並未把樹林保持在他們希望初次發現的模樣。

巴克對這異國來客偏執著迷不已。從某方面來說，這是相反特質的相吸，因為金色阿同光—滑—無—比，巴克卻全身毛茸茸。六月的沁寒夜裡，只有一身毛皮的巴克能夠保暖。毛茸茸，又蓬亂，尤其是大腿一帶。（還有，嗯，雙手手掌。）

毛髮蓬亂得像匹薛特蘭小型馬，全身赤裸，有時四腳著地。四腳著地的時候他會學馬嘶，不然就吠叫。

他是傻大個兒的粗蠢妖魔，有時假扮成堅果棕的家庭精靈，人家會在門外留一碗牛奶給那些精靈，不過你若想擺脫他，就得留給他一條長褲，他認為送長褲是侮辱他非常自豪的性徵。他華麗的捲捲陰毛散發葛林凌・吉本斯[10]木雕的那種油炸般光澤，陰毛叢中是又皺又熟猶如歐楂果的睪丸。

巴克最喜歡騙人和躲貓貓。他到處都有親戚——冰島的「蒲吉」，德文郡的「皮西」，荷蘭的「史普克」都是他的親戚，全沒一個好東西。那個巴克！

圍繞仙后身旁的溫柔侍從都不喜歡跟巴克玩，因為他很粗魯，玩捉鬼遊戲時

10.〔Grinling Gibbons（1648-1720），英國雕刻家，尤以木刻作品聞名。〕

會扯掉他們的彩色翅膀，拉掉替泰坦妮亞拉小小馬車飛過空中的那些灰蚋若有似無的腿，亂親女孩害她們哭，偷偷溜來抓著泰坦妮亞床上方那些深褐陽具似的毛地黃柱子來回晃，讓雨滴嘩啦啦整片灑下，淋醒泰坦妮亞。

巴克的模樣並不比其他那些比顯微鏡可見之物還小的精靈怪異多變，但他有種特別腥臭討厭的感覺，他喜歡雞姦、喜歡水精靈、有摩擦癖[11]又有偷窺狂，還有——事實上，要是我寫出巴克在河邊蘆葦叢幹的某些勾當，連這張紙都會臉紅，粉紅得像張收據，因為他跟大壞神潘恩有點遠親關係，如果有那心情，他會做出在英國森林不太常見——不過在英國私立學校相當普遍——的舉動。

從巴克偏重陽具的傾向，你就知道他是奧伯朗國王的人。毛茸茸的巴克愛上金色阿同，常來到月光下的林中空地，繞著這尊活生生的美麗雕像蹦蹦跳跳，不過——對阿同而言值得慶幸的是——他無法靠近到足以觸摸，因為很有先見之明的泰坦妮亞在這可愛的養女／養子四周以魔法設下一道防疫封鎖線，因此她／他等於身處一個無形玻璃箱，一如若干世紀後她／他將會陳列在維多利亞與艾伯特博物館的一個玻璃箱裡。巴克常貼在這道無可碰觸的透明障礙上，把原本的朝天鼻壓得更扁。

阿同放下輕鬆靠於胯下的左腳，踩在地上，一下子就流暢優美地將重心換到另一條腿。兩手上的蓮花和蛇則待在原位。

巴克緊緊貼著泰坦妮亞的魔法，沈重嘆口氣，後退幾步，然後精力充沛地玩起自己。

你有沒有看過仙子的精液？我們這些凡人管它叫「布穀鳥的唾沫」[12]。

偶爾有黏土捏成的凡人經過，踩著又大又重的腳穿過樹林，嚇得蝙蝠般吱吱叫的小仙子四散紛飛，因此根本聽不見他們的聲音，也永遠看不見沒被嚇跑、站立原地穩若磐石的阿同。

11.〔frotteurism，指以摩擦他人或物以獲得性快感的行為，患者絕大多數為男性，通常在人多擁擠場合如公車上發生。〕

12.〔事實上為沫蟬所分泌的泡沫。〕

萬一你真的恰巧看見她／他，你會以為這尊小偶像或許是吉普賽人口袋掉出的護身符，或者女孩手環落下的小飾物，不然就是非常昂貴的餅乾包裝裡的贈品。

然而你若拾起這美麗物品放在掌心，會感覺到它很溫暖，彷彿你來之前有人緊緊攥住它，剛剛才放下。

如果看得夠久，你會發現金色亮片般的眼皮會眨動。

此時一陣異風將吹起，吹走樹林及林中的一切。

一如你的影子可以變大、然後縮得幾乎不見、然後再度變大，這些影子也可以，他們是大地的虛幻泡沫，「存在」一詞對他們可能不太適用，因為，就我們的定義而言，他們不存在。他們不可能存在，他們沒有影子，因為誰見過影子的影子？他們的存在必然有待商榷——難道你相信有小仙子不成？他們永遠生活在觀察者眼角邊緣似有還無之處，因此他們可能根本只是光線的幻象……這樣的半存在，這樣缺乏大眾承認，使他們欠缺任何視覺統一性，所以他們愛變什麼形就變什麼形。

巴克可以隨心所欲變形：三腳凳，以進行那著名的惡作劇（「一屁股坐下，我溜了，她仰天一跤」[13]）。這劇本在教室讀出時，中小學生都好喜歡玩這一招，因為大家認為這齣劇適合小孩子，因為劇裡講的是仙子，是飛雅特小車，是平台鋼琴，是任何東西！

只除了愛上金色阿同的那人。

為主人辦各項事務之餘的閒暇時間，巴克惆悵徘徊在阿同的魔法圈外，就像頑童徘徊在糖果店外，他的結論是，為了要充分利用阿同提供的性愛設備，如果有一天他們之間的障礙去除——儘管這似乎不太可能，但巴克的座右銘是「有備無患！」——如果他能與金色阿同交合，那麼便需要一套跟阿同類似的裝備，才能達到最大程度的滿足。

然後巴克進一步做出結論，這套假想裝備必須跟阿同的裝備恰好上下相反，這樣才能完美契合不需亂湊。當凡人男女誤以為樹林中很隱密，來此做那四腳獸

13.〔第二幕第一景。〕

的勾當時，巴克總是孜孜不倦好奇偷看，注意到愛撫時手的位置總是很惱人，所以慣用右手的人在前戲中真的需要慣用左手的伴侶，而大自然母親塑造人類時並沒考慮到前戲，這是我們在獸性時刻與其他野獸的唯一不同點。

巴克拚命試，奮力試，試了又試，還是沒法完全搞定，儘管經過一番艱苦努力終於能成功變成阿同的完美翻版。偶爾他會仿照阿同的模樣和姿勢，在林中雙雙對面而立，就像活生生雕像的活生生鏡像，只有胯下激昂的勃起不同，因為色情狂巴克在自己所愛之人的面前無法克制。

阿同繼續露出莫測高深的微笑，除了打噴嚏時例外。

但他們全都可以變**大**！然後又縮小得……跟逗點一樣小，然後比逗點更小。他們每一個都有如此彈性——因為虛幻——的體質。就拿仙后來說吧。

光是她的名字，泰坦妮亞，就見證了她祖先泰坦巨人的血緣。但她也能縮減形體，化名為瑪布(在威爾斯則叫瑪布荷)，統治其他迷你小生靈，自己也小得像訂婚戒指鑲的寶石，渺小無比一如祖先巨大無比。

「哪，我確實稱我那長角的主人為『豐饒之角』，不過主母嘛——」巴克以他那無可模仿的伍斯特郡拖長口音說。

像落進一杯水的日本水生花，泰坦妮亞變大……

沾染露水的樹林被惑人的月光照得粼粼銀亮，口齒不清、跌跌撞撞的仙子寶寶絆到她的衣裳下襬，那下襬也正是樹林邊緣；他們在糾結草地上翻滾玩耍，玩伴包括兔子、敏捷的棕色幼狐、鐵鏽色的野鼠、小不點灰色田鼠、天鵝絨般的瞎眼鼴鼠、一身條紋鼻子聞嗅不停的獾——林地居民全是她衣衫上的刺繡，鳥繞著她頭飛、停在她肩上、在她編著罌粟花和麥穗的豐盈亂髮裡做窩。

宣布仙后到來的不是響亮號角，而是林間鴿子輕柔如灰燼的催眠曲和黑鶇行雲流水的華彩花腔。月光如牛奶傾洩在她裸露的乳房上。

她像一張雙人床，一張擺滿婚宴早餐的桌，或者，一間治療不孕的診所。

她眼睛裡有寶寶，一看你，你就不得不繁衍。她的眼睛引發生殖。更正：曾經引發。

但今年不行了。霜害摧殘了果樹的花，雨下爛了所有的玉米，因此她頭上的花環不再是金色，而是發綠，帶著病蟲害的螢光色。一畝畝麥田遭麥角症入侵，用今年的麥做的麵包吃了會使人發狂。大水沖垮了「合體之橋」。野獸不肯交配，母牛拒絕公牛，公牛也自顧自的；就連向來跟好色劃上等號的山羊，都寧可自己窩在床上讀讀好書；蟲也不再以起伏不定的複雜擁抱攪亂腐殖土。樹林中瀰漫一片修道院般的貞潔沈靜，彷彿惡劣天氣讓大家都沒了興致。

神奇的女巨人現身，肩棲一隻貓頭鷹，圍裙裡滿是玫瑰和寶寶，寶寶的粉紅臉頰幾乎與粉紅玫瑰難分軒輊。她拿起死去朋友的孩子，阿同。阿同單腿立在泰坦妮亞掌心，露出莫測高深的狂熱微笑，就像印度教情色雕像臉上的笑容。

「絕不能讓我丈夫得到你！」泰坦妮亞叫道。「絕不能！我會保有你！」

這時雷聲驟響，先前短暫收起雨勢的天空又變本加厲下起暴雨，泰坦妮亞圍裙裡的寶寶全淋得濕透，又是咳嗽又是噴嚏。玫瑰花蕾中的蟲被吵醒，開始啃咬花心。

但仙后將小小的阿同妥善藏在雙乳之間，彷彿她／他是一枚信物鍊墜，而她自己也縮小了，直到尺寸大小適合，可以在隱密的橡實殼斗中享用她這個姪女或姪子或姪子／姪女二合一。

「但她沒辦法讓丈夫頭上長角[14]，因為他頭上已經有鹿角了。」巴克忖道，滑過林中空地來到主人腳邊。因為此刻在那叢荊豆後觀看這一切的不再是一頭獐子，而是奧伯朗，頭上長著足足分成十枝尖杈的鹿角。

在環球劇場的各式道具中，跟製造雷聲的機器和熊皮等等列在一起的，有一項叫做「代表隱身的袍子」。奧伯朗穿上這件外套，你就知道他要保持隱形，悶聲不吭、君臨一切、但無能為力，看著去年的橡葉中那幾乎看不出來的微微顫動，底下藏著他妻子和介入這對仙界情人之間的金色爭議對象。

14.〔英文說男人頭上長角，意指戴綠帽。〕

高高在滴水的忍冬樹籬上，一個小小生靈用野忍冬做的排笛吹出充滿華麗芳香的海神螺聲般神秘旋律。曲聲中斷，吹笛者猛烈難聽地咳起來。他吐口痰，痰凌空飛過，撞上一株蓮香報春花，透明一坨就這麼黏在長了雀斑的穗上。然後那小得不能再小的生靈再度輕聲吹笛。

阿同的金色皮膚是金箔做成，但皮膚下的肉體則醃泡著：黑胡椒、紅辣椒、黃鬱金、丁香、芫荽、小茴香、葫蘆巴、薑、肉豆蔻乾皮、甜胡椒、香根草、蒜、羅望子、椰子、石栗、香茅、南薑，不時還有點——嘖！——阿魏[15]的味道。真夠勁！要是阿同盛在華美盤子裡端上桌，點綴以自身外皮碎片，她╱他看來會像御用佳餚「皇家辣雞飯」，上面灑著可食的黃金屑，據說可幫助消化。阿同到來之前，英格蘭的宜人綠地從不曾有如此美味芬芳的東西，當時它還在努力消化中古世紀晚期人們吃的水煮包心菜重擔。阿同又熱又甜，彷彿浸滿陽光與蜂蜜，但奧伯朗是灰燼的顏色。

巴克因得不到阿同而飽受折磨，拔起一株毒參茄，把他巨大的器官強插進那植物的根部裂縫，它發出哀愁的尖叫，但毫無辦法，只能任毛毛腿為所欲為。

氣候一點也不溫和！現在正在下雨，下大雨，大地陌生得連自己都不認識，枯萎花蕾滾出仙后的圍裙爛在泥濘裡，因為奧伯朗停止了繁衍。但泰坦妮亞仍將阿同抱在萎縮的胸前，不肯讓丈夫獲得這小東西，一分鐘也不行。她不是已向朋友發下了神聖誓約？

阿同想要什麼？

阿同想知道「想要」是什麼意思。

「我不熟悉欲望這個概念。我是獨一無二的、完美的、典範的雙性人，激起所有人的欲望，但我自己是超脫的，是不動的移動者，是暴風雨的靜止暴風眼，模範而自足，既是始也是終。」

泰坦妮亞對阿同男性的這一面絕望了，試探地將食指插入那女性的孔穴。阿同覺得很無聊。

15.〔asafoetida，繖形花科植物，花有強烈魚腥臭味。〕

奧伯朗看著橡樹葉子發抖，什麼都沒說，心中充滿受阻的渴望，渴望那金色的、一半一半的、帶著令人垂涎香味的東西。他脫下隱身偽裝，讓自己變得巨大無比，高高矗立在夜空中俯瞰樹林，伸開雙臂擋住月亮，全身上下僅穿厚底靴和巨大的陽具套。除了前額的青苔鹿角，他還戴著由詭異哺乳動物的發黃脊骨編成的王冠，黑髮垂落直如光線。因為這時他展現的是惡性的一面，因此還戴了一串耐人尋味的小骷髏頭項鍊，可能是他從人類搖籃裡抓來的小孩——別忘了，在德國，他們叫他精靈王。

他的臉、胸和大腿都塗著煤炭，奧伯朗，夜晚與沈默之王，無盡夜晚的墳墓般沈默之王，冥府黑暗之王。他的長髮從沒碰過剪刀，但他有個奇怪的特點——下巴完全沒毛，小腿也沒有，整張臉光溜像顆蛋，只有兩道連成一氣的眉毛。

說真的，哪個頭腦清醒的人會把小孩交給這男人？

心情稍好些之後，奧伯朗讓太陽出來，然後他會在陽具套上掛滿小銀鈴，隨他四處走動而叮叮噹、叮叮噹，他所經之處，都有美麗的清脆聲響懸浮扭動在半空猶如胚胎。

若他不是夢中的生物，那麼你一定已經忘了你的夢。

滿心渴盼卻遭拒的巴克，也發現自己情不自禁變成他渴望的那樣東西，在葉子微微抽搐的橡樹下，他變成黃色，金屬，雙性，看來華麗珍貴。巴克就這麼站在那兒，跟阿同一模一樣，閃閃發亮。

奧伯朗看著他。

奧伯朗彎腰撿起巴克，將這模擬的瑜珈樹立在掌心。奧伯朗眼中浮起一層霧。巴克知道自己別無選擇，只能繼續這樣下去。

哈啾！

泰坦妮亞用襯裙裙襬溫柔擦擦阿同的鼻子，裙上花朵全垂頭喪氣，刺繡花紋缺針少線，水果都腐爛、長出斑點、逐漸掉落，因為，若奧伯朗是豐饒之角，泰坦妮亞便是再生之鍋，要是他不偶爾用他那根大棍子攪攪她，鍋子就將不再沸騰。

靠近我睡吧，泰坦妮亞對阿同說。讓我們在這張蒲公英絨毛床墊上相依偎，我的仙子們會為你唱催眠曲。

濕答答的仙子們乖乖合唱起：「伸著舌叉的小花蛇」[16]，但全都猛咳嗽又打噴嚏又喉嚨痛又眼淚汪汪又喘不過氣以及其他各種流感猖獗的症狀，還沒唱到蠑螈那段，嘶啞聲音就消散了，之後整片樹林只剩雨水打在葉子上的淅瀝瀝聲。

管弦樂團放下樂器。布幕升起。戲開演。

16.〔第二幕第二景。〕

彼得與狼

終於，壯闊的山脈也變得單調；熟悉之後，這片景致不再使人敬畏驚迷，旅人看待這座高山的眼神無動於衷，一如本地居民。在某一道高度之上，樹木不生，雲影在光禿高山自由飄移，就像雲本身在天空自由飄移。

山坡低處某村一個女孩離開寡母，嫁給住在空曠高處的男子，不久便懷了孕。十月有一場激烈的暴風雨。老婦知道女兒快生了，一直在等人捎來消息，卻一直沒有消息。暴風雨過後，老婦想上山看看怎麼回事，但又有些害怕，於是把成年的兒子也一起找去。

大老遠他們就看見煙囪沒有炊煙。孤寂在四周張開大嘴。屋門開著，來回搖擺砰砰作響。孤寂將他們吞沒。地板上有些狼糞，因此他們知道狼來過屋裡，但牠們沒碰年輕母親的屍體，嬰兒卻無影無蹤，只有若干凌亂痕跡顯示孩子確實已經生了。女婿也不見蹤影，只剩一隻被啃過的穿靴的腳。

他們用棉被包起死者帶回家。時間已晚，狼嘷聲使即將到來的夜色沈默變得殘缺。

冬天帶來冰寒烈風，每個人都待在家裡撥火。老婦的兒子將鐵匠的女兒娶進門。雪融，春來，翌年聖誕節這家已經有個活潑健康的孫子。時間過去，小孩愈生愈多。

長孫彼得七歲了，已可以隨父親上山，這裡的男人每年都趕羊上山吃嫩草。彼得坐在新鮮的陽光下，將稻草綁成一股一股準備編籃子，突然看見大人一再教他要懂得害怕的那種動物無聲無息自岩石後出現，沿著牧草地走，然後又一隻跟在後面。

若這不是小男孩第一次看見狼，他不會這麼仔細打量牠們，看牠們一身濃密灰毛尖端發白，有種鬼氣森森的感覺，彷彿身形邊緣就快溶解；看牠們敏捷靈活的毛茸茸尾巴；看牠們好奇探查的尖嘴。

然後彼得看見第三隻狼長得非常特殊，蔚為奇觀：牠全身赤裸，儘管也跟其他狼一樣四腳著地，但渾身上下卻只有頂上長毛。

他看這隻禿狼看得入迷，差一點就丟了整群羊，自己也可能送命，或者就算不被吃掉也一定會因如此疏失被大人打個半死。但羊群自己抬起頭，聞到危險，咩咩叫著跑開，於是男人們趕過來，又是開槍又是發出各種吵鬧聲，嚇走了狼。

父親氣得根本不由彼得分說，只在他腦袋上賞了幾巴掌，叫他回家。母親正在餵今年剛生的寶寶吃奶，祖母坐在桌旁剝一鍋豌豆。

「奶奶，狼群裡有個小女孩。」彼得說。他怎能這麼確定是女孩？或許是因為她的頭髮好長，又長又有生命力。「小女孩的個子看來跟我年紀差不多。」他說。

祖母將一枚扁平豆莢扔出門外，讓雞啄食。

「我看見狼群裡有個小女孩。」他說。

祖母將那鍋豌豆注滿水，掛在爐火上煮。那天晚上沒時間，但翌晨一大早她便親自帶男孩上山。

「把你跟我說的話再跟你爸說一遍。」

他們去看狼群留下的蹤跡，在一片略為潮濕的土地發現一個足印，不像狗踩的，更不像小孩的腳印，但彼得對著它苦思半天，終於想出頭緒。

「她跑的時候兩手兩腳著地，屁股朝天……所以……她的重心會放在腳的前半部，對不對？而且腳趾岔開，你看……像這樣。」

他跟村裡其他小孩一樣，夏天都打赤腳，此時他將自己腳的前半部湊進那個足印，給父親看，若他也四腳著地奔跑的話會留下什麼樣痕跡。

「照那種跑法，腳跟就用不上了，所以她沒留下腳跟的痕跡。這樣就說得通了。」

父親終於慢慢承認彼得的推斷，暗自不安地看了兒子一眼。這是個聰明的孩子。

他們不久便找到她。她正在睡覺，脊椎柔軟得可以整個人蜷縮成完美的C形。她聽見他們的聲音，驚醒逃跑，但有人用繩結套住她脖子，這一跑繩索隨之勒緊，勒得她兩眼凸出翻白，倒地不起。一隻發怒的大灰母狼不知從哪衝出來，但被彼得的父親用獵槍轟得血肉橫飛。女孩差點就勒死了，幸虧老婦及時把她的頭靠在自己腿上，鬆開繩結。女孩咬了祖母的手。

女孩又抓又咬，拚命反抗，男人們最後拿麻繩綁起她的手腕和腳踝，用一根棍子將她挑回村裡。這下她變得四肢無力，也沒有尖叫或大喊，她似乎根本不會叫喊，僅喉嚨深處發出若干低啞沈濁的聲響，而儘管她似乎不懂得哭泣，但有淚水流出她的眼角。

她被風吹日曬得一塌糊塗，從頭到腳一身亮棕色，而且髒得要命，裹滿泥與土。她這身栗色獸皮每一吋都滿布疤痕傷痂，被尖銳的岩石和荊棘刮傷。人們扛著她走，她垂掃及地的頭髮滿是植物針毬，髒得看不出原先可能是什麼顏色。她渾身都是可怕的寄生蟲，又臭又髒，瘦得肋骨全一清二楚。彼得是吃馬鈴薯長大的健康圓潤男孩，體型比她大得多，儘管她約比他大一歲。

他好奇又嚴肅地跑在後面，祖母也拖著腳步跟在她旁邊，被咬的手包在圍裙裡。女孩一被放在祖母家的泥土地上，男孩就偷偷用食指戳了一下她左邊屁股，好奇想知道她摸起來是什麼感覺。她摸起來溫熱但厚硬，被他碰到時連動都沒動，她已經放棄掙扎，就那麼五花大綁倒在地上裝死。

祖母家就這麼一個大房間，冬天羊也關在屋裡跟全家人一起住。家裡養來抓老鼠的大虎斑貓一聞到她的味道，便發出戳刺氣球般的嘶嘶聲，竄上樓梯直奔堆放乾草的閣樓。湯在爐火上冒熱氣，餐桌都擺好了，現在差不多已是晚飯時間，但天色仍相當亮，山區的夏夜來得很遲。

「給她鬆綁。」祖母說。

起初兒子不願意，但老婦不容他拒絕，他只好拿起麵包刀，割斷綁著女孩腳踝的繩索。起先她只是猛踢猛踹，但當他割斷綁住她手腕的繩索，她立刻像個掙脫束縛的惡鬼瘋狂奔竄。看熱鬧的人全跑出屋外，家人躲上閣樓避難，但祖母和彼得不約而同跑到門口上閂，不讓她逃出去。

受困的動物滿屋亂蹦亂竄。砰——桌子打翻了；匡啷、叮噹——餐盤摔碎了；砰、匡啷、叮噹——五斗櫃往前扣倒，砸在從櫃裡掉落像一層硬梆梆白土的餐具上。穀粉桶打翻了，她又是咳嗽又是噴嚏，就跟普通小孩打噴嚏沒兩樣，然後被揚起的白色粉霧嚇得四肢僵直，直到塵埃落定，一切都籠罩一層麵粉，彷彿被某種魔法變得奇異。起初的狂亂過去後，她蹲坐片刻，用長鼻子聞來聞去，然後一下子東、一下子西地試著逃出，又叫又吠，迷惑地抬起頭。

她不曾以兩腿站立，始終趴伏以雙手及腳尖著地，但那又不太像趴伏，因為你看得出四腳著地對她而言是很自然的事，彷彿她與重力訂立了不同於我們其他人的約定；此外你也看得出她大腿的肌肉在山上磨練得多強壯，她雙腳弓起的弧線繃得多緊，還有，她確實只在蹲坐下來時才會用到腳跟。她嗥叫，不時咳嗽般發出令人難以忍受的、渾濁驚慌的嗚哼。她那雙轉動的眼睛你只看得到眼白，白得發藍，就像刺眼的白雪。

她拉了好幾泡屎，顯然是嚇得不由自主。廚房聞起來活像茅房，但就連她的排泄物都與我們不同，源於奇怪邪惡的、無從猜起的生食，那是狼的糞便。

哦，可怕呀！

她撞上爐台，打翻掛在鉤上的鍋，內容物流出澆熄了火。熱湯燙傷她的前腿，造成劇痛，她蹲坐下來，受傷的前腳可憐兮兮垂在身前，發出啜泣般的陣陣高聲嗥叫。

就連與自己約定要愛死去女兒的孩子的老婦，聽見女孩嗥叫也感到恐懼。

彼得的心猛然一跳、一亂，感覺自己彷彿正在墜落；他沒有意識到自己的恐懼，因為他目不轉睛看著她那小女孩生殖器的裂罅，就在她蹲坐身體的下方，一目了然。此時夜色已轉暗到這季節最暗的程度——也就是說，不太暗；淡色天空中，一勾白線似的月懸在煙囪上，因此屋裡不暗也不亮，但男孩可以清楚看見她的私處，彷彿它自行發出燐光，使他徹底著迷。

她嗥叫之際陰唇綻開，無意中給他看見一組盒中盒般的層捲皮肉，彷彿接連著向她內在開啟，將他拉進一個秘密的內部所在，目的地卻永遠在他面前倒退遠去，這是他第一次看見無限的暗示，殲滅一切，令人暈眩。

她嗥叫。

叫了又叫。直到山中終於傳來同一種語言的回應，先是一個聲音，然後眾多聲音交雜。

她繼續嗥叫，但現在聲調比較沒那麼悲慘。

不久，屋裡的人便很難不承認，狼成群下山進村了。

於是她獲得慰藉，趴下來，頭靠在前腳上，頭髮拖在變涼的湯裡，就這樣合上她那本禁書，一點也不知道自己曾經打開它，更不知道它是遭禁的。沈重的眼皮合上，蓋住她那雙滿是血絲的棕眼。先前彼得的父親進屋時將槍掛在火爐上方，現在他想下樓來取，但腳一踩上樓梯，女孩便跳起身狺狺低吼，露出又長又黃的犬齒。

此刻屋外嗥叫中混雜著家畜的驚惶恐慌。其他村民全把自己鎖在家裡。

狼群來到門前。

男孩牽起祖母沒受傷的那隻手，起初老婦動也不動，但他用力拉了一下，讓她回過神來。女孩懷疑地抬起頭，但讓他們走過去。男孩把祖母推上樓，自己隨著爬上，然後收起樓梯。他緊張又恐懼，多麼希望時光能倒流，多麼希望當初自己一看到狼就跑走、就大喊示警，根本沒看見她。

屋外，狼群跳撲撞門，門搖晃著，將門閂固定在門框上的螺絲也吱吱嘎嘎逐漸鬆脫。女孩一躍而起，興奮地在門前來回跑動。不久門框的螺絲扯脫了，狼群一湧而入。

喧囂。怖懼。屋裡的吵鬧聲就像全冬天的風困在一只盒內。他們最恐懼的屋外事物如今進了屋，乾草閣樓上的嬰兒嗚噎出聲，母親連忙將他按在乳房前，彷彿狼群也會奪走這孩子。但狼群只是來救走牠們收養的孩子。

牠們在屋裡留下燻人臭味和滿地麵粉白痕，破損的門來回搖晃，爐火熄滅，黑色焦柴撥散得到處都是。

彼得以為老婦會哭，但她似乎無動於衷。一切安全之後，他們一個個爬下樓梯，彷彿解除了沈默的魔咒，全都興奮激動爭相講話，只有老婦和心煩意亂的男孩默不作聲。雖然此時已過午夜，兒媳還是打來井水，刷洗屋裡的野生氣味。打破的東西清掃丟掉，彼得的父親將桌子和五斗櫃重新釘好。鄰居們走出屋子，驚詫不已，因為狼群連一隻雞、一顆蛋都沒有奪走。

人們在星空下喝起啤酒及馬鈴薯釀的烈酒，吃著點心，因為興奮使他們飢腸轆轆。可怕的一夜最後變成一場大派對，但祖母什麼也不肯吃喝，一待家中打掃乾淨便上床睡覺。

翌日她去墳場，在女兒墓旁坐了一會兒，但沒有祈禱。然後她回家，動手剁起晚餐要吃的包心菜，但不得不半途而廢，因為她被咬的手發炎了。

那年冬天，祖母死後，在大雪強加於人的閒暇時光，彼得請村裡的神父教他讀聖經。神父很高興地答應了，彼得是這群會眾中頭一個表示有興趣識字閱讀的。

男孩變得非常虔誠，虔誠到讓家人都嚇一跳，對他刮目相看。年紀比較小的孩子開他玩笑，叫他「聖彼得」，但他還是一有空就溜到教堂祈禱。四旬齋期間，他齋戒得瘦成皮包骨；耶穌受難日，他鞭笞自己。彷彿他將祖母的死怪罪在自己身上，彷彿他相信是自己將那致命的感染帶進屋，使她病死被抬出去。他整個人充滿不可一世的贖罪熱情，每晚在微弱燭光旁一字一字細讀聖經，尋找聖寵神恩的線索，直到母親趕他上樓睡覺。

但是，儘管他全心召喚四福音書作者來守護他的床，夢魘仍時常攪擾他的睡眠。在那張他與兩個弟妹同睡的窸窣稻草床上，他輾轉反側。

神父樂見彼得如此早熟聰慧，開始教他拉丁文。只要放羊之餘有空，彼得就去找神父。彼得十四歲時，神父告訴他父母應該送他去山谷裡的城鎮念神學院，讓他將來也成為神父。他們兒子多的是，便送了一個給上帝，反正埋首於閱讀和祈禱的他在他們眼中已變得陌生。那一年，羊群從山上的放牧地回來過冬之後，彼得便出發了。時值十月。

他走了一天，來到自山上流進谷地的河邊。這季節的夜晚已經沁寒，他生起一堆火，祈禱，吃了母親為他打包的麵包與乳酪，盡可能安睡。儘管他激切想投身於那個等在前方的悔罪與虔敬的世界，卻又深感不安煩擾，自己也說不上來是什麼原因。

第一抹曙光乍現，只稍微讓黑暗變得淺淡，有如蛋殼丟進渾濁液體。他起身到河邊喝水洗臉，四周一片靜定，他簡直像此處唯一的活物。

她的前臂、胯下和雙腿長滿濃毛，頭髮披垂在臉上，讓你看不清她的面貌輪廓。她蹲在河對岸，正舔著滿映紫褐天光的河水，彷彿將迅速出現的黎明一併啜飲而盡，但在他注視她的同時，四周的顏色還是愈來愈淡。

孤寂與沈默，一切靜定。

她不可能認知眼前河裡的倒影是自己。她不知道自己有張臉，從來不知道自己有張臉，因此她的臉本身便是一面鏡，映照出一種與我們不同的意識，就像她的赤裸既不無辜也非刻意，一如我們最早的父母在人類墮落之前。她全身是毛就像荒野裡的抹大拉，但悔罪不在她的理解範圍。

在她無言的重量下，語言為之粉碎。

灌木叢裡跑出兩隻小獸，相互扭打，她沒理會牠們。

男孩開始發抖打顫，皮膚發麻，感覺自己彷彿由雪堆成，現在可能就要融化。他咕噥了句什麼，或者那也可能是聲啜泣。

那聲被河水洗過的模糊聲響使她側頭，小獸們也聽見了，不再打鬧，害怕地跑過去把頭埋在她身側。但片刻後她判斷沒有危險，再度將嘴湊上水面，水攪住又撥散她的髮。

喝完水，她後退幾步，抖甩一身濕毛皮。小獸緊啣住她搖晃的乳房。

從祖母下葬之後再也不曾哭過的彼得，此時忍不住大哭起來，淚水流下他的臉，濺落草地。他張開雙臂，笨拙向河裡踏出幾步，想到對岸加入她那神奇又私密的神恩，被一種幾乎彷彿異象的狂喜所驅使。但他的表姊被這突如其來的動作嚇到，乳頭掙脫小獸的嘴，轉身跑走，小獸也尖吠著匆忙跟上。她跑時手腳著地，彷彿那是唯一的奔跑方式，奔向高地，奔進尚未完成的黎明的明亮迷宮。

男孩回過神來，用衣袖擦乾眼淚，脫下浸水的靴，用襯衫下襬擦乾腿腳。他吃了些行囊裡的食物，幾乎食不知味，然後繼續朝城鎮走去，但如今他要去神學院做什麼？因為，如今他已知道，沒有什麼好恐懼的。

他感受到自由的暈眩。

他將鞋帶互綁，把靴子搭在肩上。靴子很累贅，他跟自己爭辯要不要丟掉，但當他走到鋪妥的路面時便不得不穿上，儘管靴子仍然泛潮。

鳥兒醒來，鳴唱。清涼理性的陽光令他驚訝，令人振奮的早晨展開了，如今山已在他身後。他回頭一瞥，發現從遠處看來那山有種扁平的二度空間感，已經開始變成它自身的圖片，變成在火車站或邊界驛站匆匆買下紀念童年的明信片，變成剪報，變成他將在陌生城鎮拿給人看的照片，那些陌生的城市和國家他此刻尚無法想像也不知其名，他會在那些地方以陌生的語言說：「我的童年就是在那裡度過的。很難想像吧！」

他轉過身，長久注視那座山。他在山裡住了十四年，但從沒這樣看過它，以一個並未對此山熟悉得幾乎像自己一部分的人的眼光，於是，他第一次看出那山是多麼原始、廣袤、壯麗、荒涼、不仁而單純。他向山道別，看著它變成布景，變成某個鄉野老故事的奇妙背景畫片，故事說的是一個被狼奶大的小孩，或者，說的是被女人養大的狼。

然後他下定決心，轉臉朝向城鎮，大步向前，走進另一個不同的故事。

「如果我再度回頭，」他心想，帶著最後一股迷信的怖懼：「我將化為鹽柱。」

廚房的小孩

若戲班子裡有小孩吸著混了油彩的母奶長大，人家便說他是「出生在皮箱裡」；如果有類似的廚房用語，絕對適合形容我，因為我可不就是在奶蛋酥膨發的時候懷的胎？龍蝦奶蛋酥，精選材料，以中火烤二十五分鐘。

而且那是我媽廚師生涯中第一次被要求做奶蛋酥，是爵爺和夫人請來作客的某個法國公爵點的菜，我媽樂不可支，因為我們這兒鮮少有挑嘴美食家光臨，連為期兩週的「松雞大狩獵」，那些捲起袖子打下滿天羽毛獵物的貴族也沒有哪個懂得吃，事實上他們尤其不懂得吃，舌頭鈍得跟皮鞋底似的。「簡直是給豬吃珍珠。」我母親會這麼說，不甚情願讓人把她二十四道廚藝精湛的菜色送去餐廳，只不過連豬都比他們更懂欣賞美食。我跟你說，英格蘭鄉間宅邸，沒錯！正是講究吃的好所在，但只有爵爺和夫人不在家的時候才行。飲食水準全靠僕役下人維持哪。

因為夫人天生纖弱敏感，一天三餐只吃放在冰塊上的生蠔和葡萄，別的什麼都不肯碰；爵爺則整天不吃東西，直到太陽下山才來一根裹了一大堆辣醬的骨頭，他的舌頭早在當年治理撲納[1]一小塊地方時被咖哩燒壞了。（我想印度人是故意把他的食物弄得辛辣不堪以洩憤。哦，廚師的復仇——下手是很狠的！）至於那些打松雞的人，他們只想要三明治當前菜，三明治當主菜，再加上三明治、三明治、三明治，隨身小酒瓶裝得滿滿，哦，正是，用那琥珀瓊漿把食物沖下肚，誰還嘗得出什麼味道？

於是我媽苦心製作她這輩子第一份龍蝦奶蛋酥，派磨刀男僕騎腳踏車去好幾哩外的海邊買來龍蝦，就這麼把牠活生生煮熟，牠又如何發出可憐的尖叫爬出鍋，等等、等等，於是我媽連蛋黃蛋白都還沒分開，便已忙得團團轉。

然後，就在她彎身要將麵粉打進奶油時，一雙手緊緊攬住她的腰。起初她以為廚房裡的人跟她瞎胡鬧，便扭動寬大臀部甩開對方，同時把蛋黃加進奶油麵粉糊，但攪入仔細切成小塊的龍蝦肉時，她感覺那雙手摸得更高了。

就是這節骨眼，番椒粉失手加太多了。她一直都為此抱憾。

當她將攪勻的材料緩緩摻入一碗打發的蛋白，天知道他又做了什麼，總之她終於忍不住把東西一股腦兒倒下去，說道：

「管它去死吧！」

奶蛋酥進了烤箱，烤箱門砰然關上。

我且拉上一層紗幕，遮住接下來的激情場面。

「可是，媽！」我常纏著她問。「那人到底是誰？」

「哎唷天哪，孩子，」她說。「我根本沒想到要問。我太擔心了，怕那麼用力關烤箱會震垮奶蛋酥。」

但是沒有。奶蛋酥順利發起就像熱氣球，那金黃頭頂才剛不可一世地碰上烤箱門，她便衝出我含蓄拉上的紗幕，邊跑邊拉平圍裙，好在驚呼讚嘆聲中端出精

1.〔孟買東南方的一個城市，原拼作 Poonah 或 Poona，現名 Pune。〕

彩菜色，給群集的廚房工作人員(約四十五人)做個模範。

但還不夠模範。廚師遇上了高手食客。管家親自端回盤子，砰然放下。「他說：『太多番椒粉。』然後把它從盤子全掃進壁爐裡。」她帶著滿意的獰笑說道。她可是高尚的典範，講話特別注重氣音，又老打嗝，連打嗝的「ㄜ」聲都不忘加上「ㄏ」音。

我母親羞慚得哭起來。

「我們這裡需要一位歐陸——ㄏㄜ——大廚來增進格調。」管家語帶威脅，朝我媽殺氣騰騰看了一眼，揚長而去；儘管我媽指尖充滿美食魔法，但仍只是個純樸的約克郡姑娘，而一個蜂窩容不下兩名蜂后，因此管家視她為眼中釘。此外，管家總是嚮往大老遠聘來一位鬍子活像帽架的卡赫姆[2]或索耶[3]，依照最時興流行的方式將她調理或上下其手一番。

「想想看，親愛的德文郡爵士伉儷不就請了亞伯林大廚嗎，桑德蘭女公爵府請的是克雷平，波佛公爵府請的是拉巴姆，可不是嗎……還有女王陛下，祝福她，御廚是梅納傑……只有我們擺脫不掉那隻約克郡肥母牛，她除了滿口大大咧咧的約克郡腔不會講別的，永遠穿著毛氈拖鞋……」

在廚房桌上懷胎，在廚房地上出生，沒有鐘聲歡迎我到來，但有更適恰許多的砰！砰！砰！來自滿屋每一個長柄淺底鍋，簡直像整套廚房黃銅定音鼓連發齊響，還有湯杓敲在盤蓋的愉快叮噹，轉烤架的狗[4]也都：「汪！汪！」

時值（你也推算得出來）十月減三有餘，爵爺和夫人在倫敦，管家獨自保持她的優雅風格，坐在她的起居室，用邁森[5]瓷杯喝上好武夷紅茶，加一點份量審慎的

2.〔Antonin Carême（1784-1833），法國名廚，出身貧寒，後來發跡，曾任法、英、俄等地皇親貴戚府中主廚，並著作出版自己的食譜，其中《十九世紀法國烹飪藝術》一書奠定了經典法式料理的基礎。〕

3.〔Alexis Soyer（1809-58），法國名廚，後赴倫敦任職於許多貴族之府，又任著名俱樂部主廚。愛爾蘭飢荒期間至都柏林辦食堂以低廉價格供餐，克里米亞戰爭期間至前線為軍隊、醫院調配飲食，並曾義賣食譜將所得捐贈慈善機構。〕

4.〔將狗繫在烤架旁的轉輪上使其跑動，以轉動烤架。〕

5.〔Meissen，德國東部一城，近德勒斯登，以瓷器聞名。〕

蘭姆酒。酒櫃是上鎖的，不過她早就利用充裕餘暇偷打一把鑰匙。管家自己有個小女傭，專門用來使喚、差遣和拍馬屁，此時小女傭正往茶杯裡增添牙買加風味，樓下突然一陣天翻地覆的吵鬧，彷彿中國樂隊奏起鑼鼓鐃鈸，又敲又打。

「那些下等髒東西到底在——ㄏㄜ——搞什麼鬼？」管家以美妙悅耳的貴婦聲調開言道，快快但狠狠扯了小女傭耳朵一把，要她把八卦從實招來。

「哦，最尊貴的夫人您呀！」可憐小女傭顫抖抖來兮。「是廚師在生小孩！」

「廚師生小孩?!」

由於我母親體態豐滿之至，又胖又圓，再加上廚房全體工作人員都效忠喜愛她，因此管家完全不知我即將到來。但在火冒三丈勃然大怒的同時，她也很高興聽到這消息，因為她忖道，這下就有辦法以這個不速之客為理由解雇我母親，然後對爵爺和夫人碎碎唸不停，讓他們請一位裝腔作勢抹髮油的紳士，來熱熱冷冷和凝膠和塗奶油。於是她下樓去也，姿態堂皇但步履不穩，因為她整天都在啜飲加蘭姆酒的茶，小女傭則跑在前面把門大開。

她見到的場面何等壯觀！要是當時拉斐爾人在約克郡，說不定會為這情景畫幅素描。我母親戴著微笑冠冕，坐在一袋馬鈴薯寶座上，嬰孩以煮過消毒的布丁布穩妥包好抱在胸前，全廚房大隊人馬滿臉敬慕圍在四周，每人揮舞著一種用具，發出愉快的湯杓敲擊聲，正是區區在下我的第一支催眠曲。

可惜，在管家其冷無比的眼神下，我的搖籃曲不久便愈來愈小聲，只剩偶爾一聲零星的咚或叮。

「這——ㄏㄜ——是什麼？」

「可愛的小男娃！」我媽柔聲呢喃，往靠著她厚實胸脯的柔軟小額頭響亮一吻。

「帶著他滾出去！」管家叫。「ㄏㄜ。」又補充道。

但這項要求引發一陣璫琅震天嘈響，彷彿一顆炸彈丟在五金行，因為在場所有人（除了母親和我）都重新奮力敲打起手中的臨時樂器，異口同聲唸誦道：

「廚房的孩子！廚房的孩子！妳不能趕走廚房的孩子！」

實情也正是如此：而廚房儘管沒有製造出我，卻也導致我被製造出來，除了那貪嘴場所本身，我還能說自己是誰的後代呢？不管是女幫廚還是最小的蔬菜雜役，沒人記得是什麼人或什麼東西在那個奶蛋酥早晨造訪我母親，當時廚房裡每個人都忙著切三明治，但似乎曾有某個肥胖身形在此徘徊，受廚房吸引而來一如鬼魂受黑暗吸引而至。那位美食公爵不是有個美食小廝嗎？然而他的模樣輪廓就像肉凍在爐灶上受熱融化了。

「廚房的孩子！」

廚房大隊的聲音實在太吵太響，管家只能撤退，回私人起居室再喝點蘭姆酒；面對鍋碗瓢盆的叛變，她發現自己並不勇敢，只好歸營生悶氣。

我最早的玩具是濾碗、打蛋器和鍋蓋，我的澡盆是煮鱉湯的大燉鍋。在我學會走路之前，他們暫且放棄鮭魚，因為，有什麼比那黃銅鮭魚鍋更適合當我的搖籃？鍋高高放在壁爐架上，讓我睡得又暖又香又遠離危險，烹調料理引人食慾的香味和聲響助我好眠，我就這樣高踞在廚房上咿咿呀呀度過嬰兒期，彷彿供在小小神龕裡的家神。

事實上，廚房不也正有些神聖嗎？被煤灰染黑的石拱頂高高在我頭上，掛著火腿和一串串洋蔥、一束束乾燥香草，看來有點像老教堂走道上方垂掛的教團旗幟。摸來冷涼、發出回音的石板地由善男信女每天兩次跪著擦洗得一乾二淨，一排排刷洗得發亮的金屬器皿掛在鉤子或棲在架子上，靜待需要的時機到來，就像許許多多聖餐杯等著食物聖禮。而爐灶就像祭壇，是的，祭壇，我母親永遠在壇前垂首致敬，唇上一層薄汗，火光映紅雙頰。

三歲時，她給我麵粉和豬油，我立刻發明了酥餅皮。當時我太小沒法揉麵，她便扛我坐在肩上，看她在大理石台面上揉麵團，然後放下我，由我自己踩出一個個小派皮，為我的早慧流下欣喜的眼淚，讓我自己動手加上一團團李子果醬，最後給我舔舔杓子做為獎賞。三歲半，我已進展到粗泡芙，再之後便一日千里。她抱我站上高凳，好讓我攪拌得到醬汁，又用她的短圍裙把我團團包了三圈在腰間塞好，免得我絆到下襬一頭栽進自己調製的荷蘭沾醬。就這樣，我變成了她的門徒。

學習讀寫對我來說很容易，我的字母是這樣學會的：A代表蘆筍(asparagus)，奶油火鍋蘆筍(但顧及我母親，永遠不加雜種式醬汁)；B代表牛腰肉(baron of boeuf)，大部分用烤的，底下接肉汁的盤裡放一個愛國的約克郡布丁噗噗烤著；C

代表胡蘿蔔(carrot)，紅蘿蔔，花椰菜，卡芒貝乳酪，以此類推，直到莎芭里安尼[6]，不過我常納悶X有什麼用處，因為廚師的字母表裡壓根兒沒有它。

我的生活離不開這廚房，就像麵包皮與麵團或美乃滋與雞蛋一樣息息相關。起初我調醬汁的時候站在凳子上，然後改站在倒扣的水桶上，再然後腳下什麼也不需要墊了。時間過去了。

在這處偏遠宅邸，生活就像平靜小溪流過，一年只翻騰混亂一次，而且為時僅兩週，但那松雞狩獵確實也夠麻煩，一大堆人從城裡跑來搞得我們雞犬不寧。

儘管爵爺和夫人相信，他們的來臨是我們每一個人存在的獨獨唯一理由，是我們人生一年一度的高潮，就他們而言，我們這些僕役整年其他時間全在冬眠，如今才活過來，像睡美人被王子的來臨喚醒，但事實上，沒有他們的那十一個半月我們過得可好了，老爺太太的到來才是擾亂我們作息的長年慢性問題。我們咬牙熬過那兩星期，就像迫於環境、今非昔比的上流人家必須將自宅房間出租一樣不自在，至於高級料理呢，甭想了：三明治、三明治、三明治，他們只吃三明治。

而且，再也、再也沒有賓客特別要求奶蛋酥，不管是龍蝦或其他口味。松雞狩獵期間，我媽總有點悶悶不樂，情緒不佳，心不在焉，而且儘管沒人點菜，每一年她都照樣準備龍蝦奶蛋酥，派磨刀男僕買龍蝦，活生生把牠煮熟，打蛋，做麵包粥等等、等等、等等，彷彿這是一種魔法儀式，能解開過去那個大問號，解答她兒子究竟來自誰的胯下，然後，也許，她這次可以好好看清楚他的臉。或者也許另有原因。但她從來什麼都不說。年年如此，熟能生巧，她已經做出有史以來最飽滿、最美味的龍蝦奶蛋酥，但沒有貴客來吃，廚房裡的人也都不忍心動手，所以，整整十五次，每年奶蛋酥都餵了雞。

直到某個十月的黃道吉日，荒野上起霧一如高湯的熱氣騰騰，松雞像死刑犯飽吃最後幾頓大餐，我母親的堅持終於獲得回報。賓客成群來臨，此時我們聽到令人懷念的微弱手風琴聲，一輛有篷四輪馬車沿著車道駛來，車上滿是法國百合紋飾。

聽到消息，我母親全身發抖，臉色大變，得在揉麵的大理石台坐下緩口氣，

6.〔Zabaglione，以蛋黃、砂糖、葡萄酒做成的義大利甜點。〕

而我，哦，正好到了男孩最常思索父親之事的年紀，我準備會見生身之人。

但這是怎麼回事？自己帶來好幾瓶酒的公爵吩咐要一大盒冰，走進廚房取冰的人卻是個沒鬍子的男孩，跟我年紀不相上下，甚至更小！儘管我母親試著問他另一個假想中存在的小廝在哪，那人多年以前曾讓她手抖得控制不準番椒粉份量，但他說聽不懂她的約克郡土腔，搖頭表示不解。然後，我母親這輩子第三次哭了起來。

她第一次哭，因為搞砸一道菜。第二次，看見兒子揉麵團，她是喜極而泣。而這一次，她是為了不在的那人而哭。

但她仍派磨刀男僕去買龍蝦，因為她必須也即將進行每年秋季的儀式，就算如今只是為希望守靈，或者像為葬禮準備烤肉。於是我決定自己解決此事，以最快的途徑——送食物專用的升降梯——上樓，問公爵他的僕役人在何方。

公爵正在放鬆休息，開一兩瓶酒小酌一番，準備迎接晚餐。他身穿有襯裡的天鵝絨家常外套，很像人家給名種狗穿的衣服，套著摩洛哥羊皮拖鞋的腳湊在熊熊爐火前烘暖，正用母語自顧自哼歌。我從沒見過這麼肥的男人：就算他分十幾二十磅肉給我母親，也感覺不出哪裡有差。又圓又胖。就算牆板裡突然冒出的這個年輕廚師讓他嚇了一跳，他這種紳士也不會表現出驚詫訝異，只問，我找他有事嗎？語氣再和藹不過，而我，盡我烹飪法語詞彙的可能，用我那一丁點法語，結結巴巴地說：

「好多年前您第一次來這裡時陪伴（配菜）您的那位隨身小廝——」

「啊！尚賈克！」他立刻回應。「真可憐。」他又加了句。

他一臉哀戚，瞇起眼睛，垂下視線。

「肝病突然發作。唉，他死了。」

我的臉當場白得像小白菜。身為完美紳士的他，邀我來一口泡泡香檳安安神，這是他大老遠從自己酒窖帶來的，他不信任我們爵爺那燒焦的味覺。隨著它一路冒泡打嗑滑下我食道，我感覺自己胸口都長出了毛。公爵以真正貴族都有的那種平易近人民主態度與我又分享一瓶酒，喝飽後，我對他敘述了就我所知的本人孕育過程，說明他的已故小廝如何在那道龍蝦奶蛋酥的烹調過程中撩撥贏得我母親。

「那道奶蛋酥我記得很清楚。」公爵說。「是我吃過最棒的。我請管家代為向大廚致意，只加了一句吹毛求疵美食家的建議，說下次不妨稍微少放點番椒粉。」

原來是這樣！壞心的管家只把話傳了一半！

然後我講述感人的故事：之後每一年松雞狩獵期間，我母親都做一份龍蝦奶蛋酥以（我相信是）懷念尚賈克，於是我們又喝了一瓶泡泡香檳紀念逝者。最後公爵表現出無比溫柔敏感的情懷，含著男子氣概的眼淚說：

「這樣吧，孩子，趁你媽媽再一次為我烹調那著名的龍蝦奶蛋酥，我本人，為了紀念前任小廝，就悄悄下樓去——」

「哦，大人！」我感動得結結巴巴。「您真是太好了！」

我立刻趕回廚房，這時母親才剛開始做奶白醬。不久，當奶油融化得像公爵聽我說她故事時為之融化的心，廚房門悄悄開了，大人閣下躡手躡腳溜進來。我得說，他們真是我見過身材最匹配的一對。廚房軍團全轉開頭，尊重這浪漫的一刻，但一手促成此刻的我忍不住偷看。

他偷偷潛近她身後，食指按在唇上要大家小心、安靜，然後伸出手臂，慢慢、慢慢、慢慢的，以無比的輕盈靈巧，一手探上她身側。感覺大概只像蒼蠅停在屁股上，她抖抖一邊屁股好似草原上一匹牝馬，不為所動，將麵粉過篩。公爵自己也有點發抖，那張有些波旁家族輪廓的臉上閃過一種神情，就像小小孩來到糖果店。他想從背後偷看她用那些烹調器具正在做什麼，但被自己的豐滿擋住了。

也許只為了讓她移開一點，或者是真心對她迷人的龐大體型表示讚賞，總之，此刻，他以龐然但無比優雅的姿態，就這麼一手戳上她的屁股。

我母親發出一聲嘆息，足以吹掉打發的蛋白，但她身為藝術大師，打蛋黃的手連抖都沒抖一下，儘管公爵的雙手愈游移愈高，那只湯匙也完全不曾動搖。

因為，你要明白，調味的時候到了。這一次，番椒粉的份量剛剛好，一丁點也不多。好耶！這份奶蛋酥將會——我用拇指和食指形成一個圓，湊上嘴巴作勢親吻[7]。

7.〔表示「美味」的手勢。〕

蛋白加入麵包粥，她手中湯匙的動作迅速又輕盈，像困於陷阱的鳥。她將所有材料倒進奶蛋酥盤。

他的手一擰。

然後她才叫道：「管它去死吧！」我母親沒照劇本來，卻把手裡的木匙當作棍棒，咚！一下狠狠打在公爵頭上。他低低一聲呻吟，倒在石板地。

「有你好看的。」她對倒地的他說。然後俐落地將奶蛋酥放進烤箱關上門。

「妳怎麼可以這樣！」我叫道。

「不然難道要讓他搞砸我的奶蛋酥？上一次不就岌岌可危嗎？」

磨刀男僕和我把公爵抬上大理石台，拍打他的臉，用抹布沾冰透的夏布利白酒輕拭他的太陽穴，最後，好不容易，他眼睛眨動，甦醒過來。

「好個了不起的女人。」他喃喃說道。

我母親趴在爐灶上，一手拿著馬錶，完全不理他。

「她怕你搞砸了奶蛋酥。」我窘得無以復加，解釋道。

「真是盡心盡責！」

他似乎敬畏不已，直盯著我母親，彷彿永遠看不夠。他以巨大身形所容許的程度輕快跳下大理石台，衝過廚房，跪在她腳邊。

「我求妳，我懇請妳——」

但我母親眼睛只盯著烤箱。

「這下做好啦！」她一把打開烤箱門，端出堪稱奶蛋酥之后的精彩作品，它大天使般的翅膀伸展於整個廚房，從盤內往上升起，只受重力侷限。在場所有人（約四十七人——廚房大隊再加上我和公爵）都鼓掌喝采。

管家氣炸了，因為我母親坐上那輛封閉式馬車，前往公爵本人的華美法國廚房，但她安慰自己，這下終於可以說服爵爺和夫人請一位索耶或卡赫姆之流的嶄新大廚，朝她捻捻鬍鬚，在她生日時給她來個特製蛋糕，不時還招待她享用蘭姆糕。但——我是我母親廚房的獨子，現在我繼承家業；何況，管家又能怎麼抱怨？我可不是全國最年輕的（生於約克郡的）法國大廚嗎？

因為，我可不是公爵的繼子嗎？

秋河利斧殺人案

莉茲．波登拿斧頭
猛砍爹爹四十下
看見自己下毒手
又砍阿娘四十一下。

——童謠

一八九二年，八月四日一大早，麻州秋河。

熱，熱，熱……一大清早，工廠的汽笛還沒響，但儘管時間這麼早，白熾烈日卻已高高掛在靜止空氣中，一切盡在熱氣裡蒸騰搖擺。

此地居民從來不曾適應這些炎熱潮濕的夏季——潮濕比炎熱更令人無法忍受，天氣像糾纏不去的低燒，你怎麼也無法退燒。最先住在這裡的印第安人夠聰明，天氣轉熱時懂得脫掉鹿皮衣，坐進池塘讓脖子以下全泡在水裡。但這些人就不然了，他們的祖先是勤奮努力、禁慾自苦的聖人，將新教倫理原封不動搬到這個應該午睡的國度，而且他們還驕傲，驕傲(！)於硬跟自然作對。在大多數緯度相當、夏天同樣濕熱的地方，生活步調到這季節都會放慢：你拉上百葉窗關起窗扇，整天待在陰涼處；你穿寬鬆的衣服，好讓偶爾動一動肢體帶起的氣流使自己保持涼爽。但上個世紀的最後十年在這兒是辛勤工作的高潮，不久一切便會繁忙起來，男人走進熔爐般的早晨，全身法蘭絨內衣褲、亞麻襯衫、結實羊毛料的背心和外套和長褲，還用領帶勒殺自己，他們認為讓自己不舒服是一項大大美德。

今天正值熱浪高漲，一大清早氣溫就已達攝氏八十四五度，還一路繼續往上衝，毫無減緩趨勢。

衣著方面，女人只是看起來比較佔便宜而已。在莉茲·波登吃過早餐、做完一些家務後將殺死父母的這天，早晨她起床時換上的是一件簡單的棉布連身裙

——但是，底下有上漿的長襯裙、上漿的短襯裙、長襯褲、羊毛長襪、襯衣和緊緊捏住她五臟六腑不放的鯨骨束腹，雙腿間還繫了條沈甸甸亞麻巾，因為她正值經期。

在如此層層疊疊衣物下，在這逼人欲狂的暑熱中，她感覺不適又反胃，肚子被緊緊鉗夾，還得在爐上燒熱熨斗燙手帕，直到時候來臨，她走下儲放柴薪的地窖，拿起那把我們永遠想像她——「莉茲·波登拿斧頭」——手持的斧頭，就像我們永遠想像聖凱瑟琳在那輪上轉動，象徵她的受難[1]。

不久，跟莉茲一樣穿著這許多衣服（雖然質料沒那麼好）的女僕布麗姬，會將柴油倒在揉成一團、夾著一兩根火種的昨晚報紙上。爐火穩定後，她會做早餐，飯後洗碗時火也會繼續陪伴讓她喘不過氣。

1.〔此處指的應是西元四世紀的基督教早期聖人St. Catherine of Alexandria，傳說她自幼學識淵博，斥責羅馬皇帝 Maxentius 迫害基督徒，並將奉派來與她辯論的哲學家們感化皈依。Maxentius 下令將她架於輪狀刑具上車裂處死，但輪具奇蹟般崩垮，後改將她斬首。〕

穿嗶嘰西裝——那身衣服光看就足以讓你渾身刺癢熱昏——的老波登會先走進冒汗的城裡，像豬拱土一樣埋頭掙錢，等上午過了一半再回家，赴一場不容錯過的命運之約。

但此時這裡暫且沒人起床，現在還是一大清早，工廠的汽笛還沒響，炎熱中萬物靜止，天空已經白亮，新英格蘭的陽光沒有影子，照射一如上帝之眼的擊打，海一片白亮，河也一片白亮。

我們不但已大多忘記過去那令人發癢、造成壓迫的服裝有多不舒適，忘記持續的不舒適會如何磨損你的神經，更幸運地忘記了過去的種種氣味，家裡的氣息——沒洗乾淨的肉體，不常換的內衣褲，夜壺，餿水桶，不夠暢通的茅房，腐爛的食物，未受照料的牙齒；街上也不比屋裡清爽，馬尿馬糞的騷臭無所不在，肉店突然冒出過期死肉的臭味，魚攤散發阿摩尼亞般的可怖氣息。

你會用浸透古龍水的手帕摀住鼻子，用香堇菜的香水灑滿全身，使你永遠帶有的腐壞肉體氣息被葬儀社的防腐味道遮蓋。你會恨透你所呼吸的空氣。

秋河第二街的一棟屋裡睡了五個人：兩個老男人，三個女人。三個女人全歸第一個老男人所有，與他的關係包括婚姻、血緣或聘雇。他的房子窄如棺材，他便是靠這賺了大錢——他以前開葬儀社，但近來又朝另幾個方向擴展生意，每一個方向都帶來令人非常滿意的成果。

但光看這房子，你絕對猜想不到他是有錢的生意人。他的房子逼仄、狹小、刻薄，毫無舒適可言——若你拍他馬屁，或許會說這房子「樸素踏實」——而第二街也已沒落了好些時日。波登家——門旁的黃銅門牌草書標明「安德魯·J·波登」——兀自佇立，跟兩側鄰舍隔了區區幾碼庭院。左邊是馬廄，自他賣掉馬匹之後閒置已久；後院種了幾棵梨樹，這季節結實纍纍。

在這個早晨，很巧的，波登家兩個女兒只有一人睡在父親的屋簷下。長女艾瑪·黎諾拉去新貝德佛吹幾天海風，因此將逃過一劫。

在大汗淋漓的六月、七月和八月，他們這個階級很少有人還待在秋河，不過話說回來，他們這個階級也很少有人住第二街，在城裡地勢較矮的這一頭，暑熱如霧氣聚集。一群開心結伴的女孩也邀莉茲同到海邊避暑，但她沒有去，彷彿故意刻苦虐待自己的身體，彷彿有重要的事把她留在這筋疲力盡的城裡，彷彿壞心仙子下了咒將她定在第二街。

另一個老男人是波登的某個親戚。他不屬於這裡，只是路過作客，是個偶然的旁觀者，不相干。

把他排除在腳本以外。

儘管就戲劇的角度而言，他出現於這在劫難逃的屋裡並不算什麼瑕疵，但此齣家庭末日劇的色彩必須粗濃，設計必須極度簡化，才能達到最大的象徵效果。

把約翰·維尼昆·摩斯排除在腳本以外。

第二街那棟屋裡，睡著一個老男人和他的兩個女人。

市公所的鐘運轉著，斷續發出六點第一聲鐘響之前的引言，同時布麗姬鬧鐘的長針也一跳，逐漸湊上整點，鐘頂的小錘往後收，正準備敲響鬧鈴，但布麗姬潮潮的眼皮並沒有預感，沒有跳。她穿著硬梆梆的法蘭絨睡衣，身上蓋一層薄被單，仰躺在鐵床上，小時候她在愛爾蘭被修女教過要這樣睡，萬一半夜死了，也好給葬儀社的人省點麻煩。

整體說來她是個好女孩，儘管脾氣有時有點陰晴不定，有時會跟太太頂嘴，然後又得向神父懺悔自己犯了沒耐心的罪。因為暑熱和反胃——今天屋裡每個人醒來都會噁心想吐——早上稍後她將會躺回這張小床。當她在樓上小憩片刻，樓下將大開殺戒。

壁爐台上或放或靠的東西包括：一串棕色玻璃念珠，葡萄牙人開的店裡買來的襯硬紙板的彩色聖母像，一張她在唐納格[2]的嚴肅母親的髒兮兮照片——不管麻州的冬天多寒冷刺骨，這壁爐從沒燒過半根柴火。床腳一口凹凹凸凸的鐵皮箱裡就是布麗姬的所有家當。

床旁有一張硬梆梆的椅子，上面放著一根蠟燭、火柴、鬧鐘，鬧鐘滴答滴答的金屬鏗鏘響徹房間。布麗姬常跟主母一起取笑自己，不管怎麼吵，再怎麼吵，她都能照睡不誤，因此除了鬧鐘她還需要所有工廠的汽笛，汽笛此刻就要響了，就在這一秒……

磨損起毛的冷杉木架上放著她從來不用的水罐和臉盆，她才不要辛辛苦苦打

2.〔Donegal，愛爾蘭北部一郡。〕

水上三樓只為清洗自己，不是嗎？反正廚房水槽多的是水。

老波登不認為有必要裝浴缸，他不相信全身浸在水裡有什麼好處。要洗去天生自然油脂，在他看來簡直是搶劫自己的身體。

一方沒有鏡框的鏡子映出波折不平的倒影，照出又破又鏽的肥皂盤，盤裡裝著一大把黑色金屬髮夾。

明亮的紙窗簾上，梨樹的倩影婆娑搖曳。

儘管布麗姬沒關房門，徒然希望能哄一絲風吹進房間，但前一天耗盡的熱氣還結結實實塞在這小閣樓裡。天花板落下些許頭皮屑般的石灰白漆，有隻蒼蠅發出沈悶哀鳴。

屋裡充滿濃濃睡意，那是遲遲不消散的略甜氣息。靜止，一切靜止，整棟屋裡沒有絲毫動靜，只有蒼蠅嗡嗡繞圈。靜止停在樓梯上，靜止壓迫著窗簾。靜止，樓下的房間一片死般靜止，那是老爺和夫人共睡婚床之處。

若拉開窗簾或點上油燈，比較能看清這房間和女僕簡陋房間的差異。地上鋪著一張花朵圖案生氣勃勃的地毯，不過質料廉價鮮豔；壁紙上有紫褐色、赭色和櫻桃色的花朵，儘管波登家搬進來時這壁紙便已舊了。梳妝台上是另一面影像歪扭的鏡子，這屋裡每面鏡子都會扭曲你的臉。梳妝台上，一張窄長桌巾繡著勿忘我花，桌巾上一把缺了三齒、纏著一些灰髮的骨梳，一把烏木色的木髮刷，還有一些小瓷盒放在蕾絲墊上，裡面裝著安全別針、髮網等等。波登太太白天戴上遮住漸禿頭皮的小頂假髮捲在那兒，看來像隻死松鼠。但這房裡完全不見波登的男用物品痕跡，因為他自己有一間更衣室，就在左邊那扇門後……

它旁邊那扇門呢？

通往僕役專用的後樓梯。

還有另一扇門呢，半藏在沈重的桃花心木床頭後那扇？

若不是這門鎖得緊緊，你就能由此走進莉茲小姐的房間。

這屋子有個奇怪的特點：房間都有很多門，更奇怪的是，這些門總是鎖著。屋裡充滿上鎖的門，而上鎖的門後只是其他鎖著門的房間，因為樓上樓下所有房間都互通，像惡夢裡的迷宮。這是一棟沒有走廊的屋子。屋裡每一部分都被標記為某個住戶的私人領域，房與房之間沒有共享的公共空間，這屋裡的隱私全牢牢封住，就像法律文件的蠟印封緘。

要到艾瑪房間只能穿過莉茲房間，艾瑪的房間沒有出口，是條死路。

波登家裡裡外外全鎖上門的習慣始於好幾年前。在布麗姬來此工作前不久，他們家遭竊了，不知誰從側門闖進來，當時波登夫婦出遊不在家。他們夫妻鮮少一同出遊，那次他把她裝上二輪輕便馬車，前往位在史莞汐的農莊，去確保租戶不賴帳。女孩們待在家裡自己房間，臥床小睡或補綴綻線衣物或縫緊鬆脫的鈕扣或寫信或思索該對值得救濟的窮人做哪些善事或眼神空洞盯著半空。

我想像不出她們還能做些什麼。

這兩個女孩獨處時到底做些什麼，我實在難以想像。

艾瑪比莉茲神秘得多，因為我們對她知道得更少，她是片空白，她沒有人生。她房間的門只通往妹妹的房間。

當然，稱她們「女孩」是有禮的說法。艾瑪已經四十好幾了，莉茲也三十多歲，但她們沒結婚，因此住在父親家裡，持續著虛構的、延長的童年。

當老爺太太不在家，女孩們睡覺或忙別的，某個或某些不明人物躡手躡腳沿著僕人用樓梯走進夫婦臥室，摸走了波登太太的金錶和錶鍊、她遙遠童年留下的珊瑚項鍊與銀鐲、還有老波登藏在左邊櫃子第三個抽屜乾淨連身襯衣褲下的一捲鈔票。入侵者還試圖撬開保險箱的鎖，那一方毫無特色的黑鐵像剁肉的砧板或祭壇，穩穩放在老波登睡的那一側床邊。但要打開這保險箱得用鐵橇，入侵者只順手拿了梳妝台上的一把指甲剪來撬，所以沒得手。

然後入侵者在波登夫婦的床上大小便，把梳妝台上的零零碎碎全掃落摔碎在地，闖進老波登的更衣室，用那把先前拿來對付保險箱的指甲剪，惡狠狠攻擊掛在衣櫥樟腦丸黑暗中的喪禮用黑西裝外套（指甲剪斷成兩截，被扔在衣櫥地板上），然後退到廚房，砸碎麵粉罐和糖蜜罐，拿起餐具洗滌室水槽旁那塊肥皂，在起居室窗戶上塗寫了一兩句不堪入目的話。

真是一團亂！莉茲瞪著起居室窗戶，模糊感到驚訝，聽見開著的紗門輕聲砰砰搖動，儘管沒有風吹。她在做什麼，只穿著緊身束腹站在起居室中央？她怎麼跑到這兒來的？是不是因為聽見紗門搖動作響，下來察看？她不知道。她記不得了。

她只知道：突然間她已在這裡，在起居室，手裡拿著一塊肥皂。

她的感官知覺逐漸恢復清晰，然後才叫嚷起來。

「救命啊！我們遭小偷了！救命啊！」

艾瑪下樓來安慰她，從莉茲嬰孩時代起她這個大姊姊就一直負責安慰妹妹。是艾瑪清乾淨了夢遊的莉茲赤腳從廚房一路踩到起居室地毯上的麵粉與糖蜜痕跡。但那些不翼而飛的珠寶和鈔票則下落不明。

我沒辦法告訴你遭竊一事對波登造成多大的影響。他倉皇失措，大受震驚，甚至感覺遭到侵犯，簡直像被人強暴。他對事物固有的完整性原本抱有無可動搖的信心，但從此改觀。

遭竊一事震動了整家人，他們甚至打破彼此間慣常的沈默，加以討論。他們當然怪罪到葡萄牙人頭上，但有時也怪那些法裔加拿大佬。他們的憤恨之情沒有與時俱滅，但憤恨的對象則隨心情改變，不過他們懷疑的永遠是陌生人和新來的人，那些人住在污穢雜亂的公司宿舍，離這裡只隔幾條髒亂的街。他們倒也不總是只懷疑那些深色皮膚的陌生人，有時候也認為小偷很可能是那些剛遠渡重洋從不守清規的蘭開郡來的紡織廠工人，因為貧民區的房東不會太受罪犯階級歡迎。

然而，波登太太也想到有可能是吵鬧鬼[3]幹的好事，儘管她並不知道這個詞；但她確實知道兩個繼女當中的妹妹是怪胎，要是那女孩想，光是她的怨恨就足以讓盤子驚跳起來。但老頭很愛這個女兒。也許就是那時，在遭竊的震驚之後，他決定讓她換個環境，吹點海風，來趟長途旅行，因為就是在遭竊之後他送她去遍遊歐洲。

遭竊後，前門和側門總是鎖上三重鎖，偶爾暫開，也只是梨子成熟季節屋裡某人要去院子撿一籃落地的梨，或者女僕要晾洗好的衣服，或者老波登晚飯後到樹下撒泡尿。

從此他們便養成鎖上所有房門的習慣，人在房內就上門內的鎖，人在房外就上門外的鎖。老波登早上離房後便鎖起房門，把鑰匙放在大家都看得到的廚房架子上。

3.〔poltergeist，傳說中會發出怪聲或打破東西的鬼怪。〕

遭竊後，老波登幡然醒覺私人財產的短暫性。於是他大手筆拚命投資，從此將他的盈餘投進結實的磚頭和灰泥，因為，有誰偷得走一整棟辦公大樓？

這時候，市區某條街上若干租約恰好同時到期，波登一口氣全買下，整條街都成了他的。他拆光街上房屋，計畫建造波登大樓，包括商店和辦公室，深紅磚、深黃褐石塊加鑄鐵，從今以後他將在此永遠豐收一大筆無法販售的租金，而這座紀念碑，就像阿西曼迪亞斯[4]的紀念碑，將在他死後長久流傳——事實上它確實還在，四平八穩、體體面面的安德魯．波登大樓，屹立在南中央街。

就一個魚販的兒子而言，成就不小吧，嗯？

因為，儘管「波登」在新英格蘭是個古老的姓，波登一族加起來擁有秋河好大一部分，但我們的波登，老波登，這家波登，並非來自家族中富有的一房。波登族人各式各樣，而他父親是提著籐籃挨家挨戶賣魚的小販。老波登的吝嗇來自貧窮，但學會靠房地產賺最多的錢，因為節儉對窮人的意義不同，窮人無法從中獲得快樂，那對他們而言是不得不爾的需要。誰聽說過一文不名的小氣鬼？

這個白手起家的人寡歡又慘瘦，生活中鮮有樂趣。他的天職是累積資本。

他的嗜好是什麼？

咦，當然是把窮人踩在腳下囉。

一開始，安德魯．波登開葬儀社，而死亡認出他是它的共犯，待他不薄。在這紡錘充斥的城市，很少人活到老，紡織廠裡做苦工的孩童尤其死得頻繁。他開葬儀社的時候，不！——他才沒有砍掉屍體的腳硬裝進太小的、內戰剩下的、廉價買來的棺材！那是他敵人散播的謠言！

用棺材賺來的利潤，他買下一兩棟房屋出租，開始靠活人賺新鮮錢。他買下紡織廠的股份，然後投資一兩家銀行，如此一來就能以錢賺錢，這是形式最純粹的利潤。

別人喪失取回抵押品的權利，或遭到驅逐強迫遷出，對他來說就像佳餚美酒。他最愛來點巧取豪奪了。他的第一個一百萬已經攢了一半。

夜裡，為了節省煤油，他不點燈坐在黑暗裡。他用自己的尿給梨樹澆水：不

4.〔阿西曼迪亞斯（Ozymandias）即法老王拉美西斯二世，雪萊有同名詩作諷詠之。〕

浪費就不虞匱乏。日報一看完，他便將之撕成四方形，放在地窖茅房，讓大家拿來擦屁股。馬桶沖走了大好的有機肥料，這損失令他大為心痛。他恨不得向廚房裡的蟑螂收房租。然而如此這般的生活卻沒有讓他發胖，他對錢的純粹熱情火焰融去了他的肉，皮膚還貼在骨頭上完全是出於吝嗇。也許他的姿態是從第一項職業得來的，走起路端穆莊重像輛靈車。

看見老波登沿街朝你走來，你會本能地對人必有死的此項事實充滿敬意，他似乎就是死亡的瘦削大使。你也會想到，當初我們直立起身，以雙腿而非四腿行走，是何等戰勝自然的一大勝利！因為他把自己挺得直直，充滿沈重決心，看見他走路的人永遠會想起直立行走是不自然的，是戰勝地心引力的，本身就是精神超越物質的超然存在。

他的脊椎像鐵柱，是鑄造而非生育而成，你無法想像老波登的脊椎在子宮裡彎成胎兒的大C形。他走起路彷彿膝蓋和腳踝都沒有關節，腳踏在顫抖土地上就像執行官，重重敲門。

他下巴留一道窄窄白鬍鬚，在那年頭就已過時。他模樣看似自己咬掉了嘴唇。

想起上帝，他心安理得，因為他善加利用自己的才能，如聖經囑咐的一樣。

然而，別以為他是鐵石心腸。就像李爾王，他——更重要的是他的支票簿——對小女兒百依百順。他的小指——你看不見，蓋在床單下——戴著一枚金戒指，不是婚戒而是高中畢業戒指，這極端憎厭人類的小氣鬼就只有這麼一個廉價裝飾品，是他小女兒畢業時送給他的，要他永遠戴著，於是他便一直戴著，會一路戴進墳墓——在這火燒火燎的早上稍後她將送他進入的墳墓。

他睡覺時衣裝整齊，長袖內衣外穿著法蘭絨睡衣，頭戴法蘭絨睡帽，背朝結褵三十年的妻子，妻子也背朝著他。

他們簡直是傑克·史布拉夫婦[6]的化身，他又高又瘦像個判人吊刑的法官，她則是又圓又胖的麵團。他是小氣鬼，她則是貪吃鬼，一個獨自進食的人，這是最

5.〔bailiff，為郡長的副手，掌管查封、逮捕罪犯、執行法庭命令等。〕

6.〔童謠〈傑克·史布拉〉：「傑克·史布拉不吃肥，他的老婆不吃瘦，兩人一起吃，盤子光溜溜。」〕

無辜的一種惡習，卻又是他惡習的影子或戲仿，因為他也想吃下全世界，或者，既然命運沒給他那麼大張餐桌容納他的野心，他至少是個緘默不華麗的拿破崙，不知道自己原可能有何等成就，因為他從來沒那個機會——既然沒辦法拿下全世界，他想大口吃掉秋河。但她，唔，她只是溫和地、不停地往嘴裡塞東西，不是嗎，她總在啃咬著什麼，大概是反芻吧。

但這並不表示她從吃中得到很多樂趣。她可不是美食家，永遠思索著美乃滋添幾滴奧爾良醋點睛、或擠一點新鮮檸檬汁提味，這兩者之間有什麼精巧的差別。不。艾比從沒有這麼高的野心，就算可以選擇她也絕不會想這麼做；她滿足於保持單純的貪食，避開所有耽溺感官享受的意味。既然每一口食物她都並非吃得津津有味，於是她知道自己無盡的貪吃並不算逾矩。

他們雙雙躺在這張床上，活生生代表七宗死罪中的兩宗，但他知道他的貪婪不算犯罪，因為他從不花半毛錢；而她知道她不算貪吃，因為她塞進肚子裡的那些食物讓她消化不良。

她雇了個愛爾蘭廚子，布麗姬烹調的將就菜色完全符合艾比的要求。麵包，肉，包心菜，馬鈴薯——這些粗食組成了艾比，艾比就是這些粗食的組合。布麗姬高高興興端上水煮的晚餐，水煮的魚，玉米濃粥，玉米奶油布丁，玉米煎餅，餅乾。

但是那些餅乾……啊！這就碰到艾比的小小弱點了。糖蜜餅乾，燕麥餅乾，葡萄乾餅乾。但當她大嚼滲出巧克力的黏答答巧克力餅乾，她會有種昏暈的感覺，感覺自己幾乎太過頭了，感覺如果她的胃沒有立刻悸跳起來像內疚的良心，罪惡可能就埋伏在轉角。

她的法蘭絨睡衣跟丈夫的剪裁相同，只差領口多了圈軟垂的法蘭絨花邊。她體重兩百磅，身高僅五呎，床朝她這邊歪沈。他的第一任妻子就是死在這張床上。

昨晚他們整夜嘔吐，無法入睡，於是服用蓖麻油；清腸的結果豐沛，床下的夜壺幾乎滿溢，連陰溝聞了都會昏倒。

兩人背對背躺著，之間的空位足以放下一把劍，一邊是老頭的脊椎骨（這是他能提供給她唯一堅硬的東西），另一邊是妻子柔軟溫熱的龐大屁股。清腸使他們好似被狠狠抽打一頓，拉著窗簾的幽暗房間中，滯重得讓蒼蠅飛不動的空氣裡，他們的臉呈現腐壞的青。

小女兒在鎖著的房門後做夢。

看看這睡美人！

她的被單掀起，房間窗戶大開，但今晨屋外沒有薰風吹動紗窗。明亮陽光氾濫進百葉窗，亞麻色的光為我們照見莉茲，看見她穿上床揉縐了的睡衣漂亮得足以出席君王召見，質料是白色棉胚布，繫帶小孔一路交叉淺粉紅緞帶，因為，在秋河以外的所有地方，這時不正是「淘氣的九〇年代」嗎？秋河船公司那些內部裝潢桃花心木、掛著大吊燈的鍍金汽輪，不正代表了「鍍金年代」虛擲的豪華？但那些船不是從秋河開出去，開到別的地方，別的正值「美麗年代」的地方嗎？在紐約、巴黎、倫敦，香檳酒的軟木塞砰然彈開，蒙地卡羅的莊家通賠，女人向後仰倒掀起爽脆蛋白酥般的襯裙，既享樂又賺錢，但秋河例外。哦，當然。因此，在臥房無可改變的隱私中，為了讓自己高興，莉茲穿上有錢女孩的漂亮睡衣，因為，儘管住在一棟刻薄的屋裡，她也是有錢的女孩。

但她相貌平庸。

睡衣的下襬捲到膝上，因為她睡覺時總翻來滾去。她乾燥發紅的淺色頭髮霹靂啪啪散著靜電，夜間就寢前綁的辮子鬆開了，捲捲披落在枕頭上。她趴著緊抓枕頭，因為先前把臉貼住上漿的枕頭套尋求清涼。

莉茲不是暱稱小名，她受洗的教名就是如此。她父親的邏輯是，既然大家都會叫她「莉茲」，那又何必給她冠上沈重冗長、做作花俏的「伊莉莎白」？這個一毛不拔的小氣鬼，甚至在給她取名之前就先把名字縮水一半。因此她便成了光禿禿沒有裝飾的「莉茲」，還是個沒媽的孩子，兩歲就死了娘，小可憐。

現在她三十二了，然而那個她記不得的母親仍是強有力的哀傷來源：「要是母親還活著，一切都會不一樣。」

怎麼會？為什麼？哪裡不一樣？她答不上來，只迷失在對未知母愛的懷念中。然而有誰可能比姊姊艾瑪更愛她？艾瑪把新英格蘭老處女心中的壓抑真情全傾注在小妹妹身上。也許，不一樣之處會在於，因為她的生母，第一任波登太太，有時會突然爆發無法解釋的狂怒，那麼或許她會自行對老波登舉斧相向？但莉茲很愛她父親。所有人都同意這一點。莉茲非常愛那非常愛她的父親，但父親在母親死後又娶了一個妻子。

她的赤腳稍稍抽搐，就像狗夢見追兔子。她睡得很不沈、很不飽，夢裡充滿模糊的怖懼與朦昧的威脅，醒來後無從形容、無以名狀。睡眠在她內在開啟一棟紊亂的屋子。但她只知道自己睡得不好，而剛過去的這一夜也不安穩，她覺得隱隱反胃，又有經痛折磨。房裡充斥經血的腥利金屬氣味。

昨天傍晚她溜出去找一個女性朋友，當時莉茲很煩亂不安，一直揪扯著洋裝前襟的抽褶。

「我怕……有人……會做出什麼事。」莉茲說。

「波登太太……」說到這，莉茲壓低聲音，眼睛在房裡東看西看，就是不看向羅素小姐……「波登太太──哦！妳能相信嗎？波登太太認為有人想毒死我們！」

以前她盡責守分地管繼母叫「母親」，但五年前她父親把貧民區一處房地產一半歸在繼母名下，家裡因此起了爭執；之後，莉茲若不得不談起她，永遠冷淡刻意稱之為「波登太太」，當著面也叫她「波登太太」。

「昨晚，波登太太和可憐的父親吐得好厲害！我隔著牆都聽見了。我也是，今天一整天都覺得不對勁，感覺好怪。實在好……奇怪。」

因為她的夢遊症不時會發作。從小，她就得承受偶爾的「不方便」，當時當地用這個詞稱呼奇怪異常的行為，出乎意料、不由自主的恍惚出神，失去連貫的時刻。心智掉了一拍的那種時刻。羅素小姐急忙尋找合理的解釋，提起那些「不方便」她會很窘。大家都知道波登家的女兒們一點也不怪。

「你們是不是吃壞了什麼？一定是吃壞了東西。你們昨天晚飯吃什麼？」好心的羅素小姐殷殷詢問。

「熱過的劍魚。午餐時魚是現煮熱騰騰的，但我吃不太下；晚飯時布麗姬把剩下的魚又熱了一遍，但我還是只吃得下一口。波登太太把剩下的魚全吃了，還用麵包把盤子擦得一乾二淨，吃得咂嘴咂舌的，不過後來她整夜都在嘔吐。」（這句的語調有點洋洋得意。）

「哦，莉茲！天氣這麼熱，熱成這樣，你們還吃重複熱過的魚！妳也知道這種熱天魚壞得多快啊！布麗姬怎麼這麼不小心，給你們吃重複熱過的魚！」

此時也正值莉茲每月的難受時期，她的朋友看得出來，莉茲臉上有某種憔悴呆滯的神情。然而上流社會的人不可能提這個。但莉茲怎麼會有這種怪念頭，以為全家人受到外來惡勢力的圍攻？

「有些人威脅過。」莉茲不罷休地繼續說下去，眼睛盯著緊張的指尖。「是這樣，很多人不喜歡家父。」

這點無從否認。羅素小姐有禮地保持沈默。

「波登太太吐得好厲害，還找來醫生，結果家父對醫生口出惡言，大吼大叫，說我們家自己有好用的萬靈蓖麻油，他絕不會付錢看醫生。他對醫生大吼大叫，鄰居全聽見了，我覺得好丟人。是這樣，有一個男的……」此時她低下頭，顏色淺淡的短睫毛在顴骨上方拍動……「有個男的，一個深色皮膚的男人，臉上有種，是的死亡的氣息，羅素小姐，我在各種奇怪時間都看過這個深色皮膚的男人在屋外，一大清早，三更半夜，不管什麼時候，只要我在那難受的陰暗裡睡不著，掀起窗簾一角朝外瞧，就會看見他在院裡梨樹的陰影下，一個深色皮膚的男人……也許，早上牛奶送來之後，他在牛奶罐裡下了毒。也許送冰的人來過之後，他在冰裡下毒。」

「這人纏著妳多久了?」羅素小姐問，表現出合宜的驚慌。

「從……我家遭竊之後開始。」莉茲說著突然直視羅素小姐的臉，帶著一種勝利的神情。她的眼睛真大，大而明顯，卻籠罩著一層紗。她修得乾乾淨淨的手繼續在揪扯洋裝前襟，彷彿要扯開抽褶。

羅素小姐知道，就是知道，這個深色皮膚男人只是莉茲的想像。她立刻對這女孩失了耐心。還深色皮膚男人站在她窗外呢，跟真的一樣!然而她是個好心人，想方設法安慰對方。

「但是牛奶和冰塊送來時，布麗姬已經起床忙她的啦，整條街也都人來人往;有第二街一半的人看著，誰敢在牛奶或冰桶裡下毒?哦，莉茲，是這個要命的夏天，是這暑熱，這叫人難以忍受的暑熱害我們全都不舒服，讓我們易怒又緊張，讓我們生病。在這種可怕的天氣，人很容易胡思亂想，這天氣把食物熱壞、讓人腦袋生蟲……莉茲，我以為妳打算去海邊呀。妳不是計畫到海邊度個短假嗎?哦，去吧!海風會吹走這些傻氣想像的!」

莉茲不點頭也不搖頭，只繼續扯著抽褶。她在秋河不是有重要的事情要辦嗎？就在這天早上，她不是親自去藥房想買點氰酸嗎？但她怎能告訴好心的羅素小姐，她有迫不及待的需求，必須留在秋河謀殺父母？

早上她去中央街街角的藥房，想買些氰酸，但沒人肯賣給她，只能空手而歸。是不是因為嘔吐的這家人老談毒藥，使她起了下毒的念頭？驗屍結果將顯示父母兩人的胃裡都沒有毒藥痕跡。她沒有試圖毒死他們，只是想到要毒死他們。但她買不到毒藥，於是也就用不成毒藥。這下子她能怎麼打算呢？

「我說的那個深色皮膚的男人，」她繼續對不甘願聽下去的羅素小姐說：「哦！我看見月光照在一把斧頭上！」

醒來後，她永遠記不得做了什麼夢，只記得自己睡得很不好。

她的房間很宜人，以這窄小屋子而言也算寬敞。除了床和梳妝台，還有沙發和書桌；這是她的臥房，也是她的起居室兼辦公室，因為書桌上堆滿各個慈善組織的帳簿，她充足的閒暇時間便是花在這類活動上。「花果會」，她代表該會帶著禮物去醫院探望貧困老人；「女基督徒戒酒聯盟」，她為之收集簽名，請願對抗魔鬼的飲料；「基督徒的努力」，不管那是什麼——這是慈善工作的黃金時代，她變本加厲投身於各式委員會。萬一窮人不存在了，有錢人的女兒們該怎麼辦才好？一會兒是「送報童感恩節晚餐籌款會」，一會兒是「馬槽協會」，一會兒是「華人改宗皈依協會」——沒有任何階級或種類逃得過她不肯罷休的慈善活動。

寫字桌，梳妝台，衣櫥，床，沙發。她每天在這房裡度過，在這些無趣家具之間移動，環繞著沒有偏差的軌道，就像行星運轉。她愛她的隱私，愛她的房間，整天鎖在房裡。架子上擺了寥寥幾本書：《傳教英雄》，《貿易的羅曼史》，《凱蒂所做的事》。牆上相框掛著高中同學的照片，寫有感傷的題詞，其中一個相框插著一張明信片，畫面是一隻小黑貓隔著馬蹄鐵朝外張望。一幅鱈角海景的水彩畫，畫者的業餘蹩腳技巧清楚可見。一兩張藝術品的單色照片，有德拉羅比亞[7]的聖母像和蒙娜麗莎，分別是她在伍菲濟博物館[8]和羅浮宮買的，當她去歐洲旅行的時候。

7.〔Luca della Robbia（1400?-1482），義大利文藝復興時期雕刻家。〕

8.〔位於佛羅倫斯。〕

歐洲！

你難道不記得凱蒂接下來做了什麼嗎？那故事書中的女主角搭汽輪去到煙霧瀰漫的老倫敦，優雅迷人的巴黎，陽光普照古色古香的羅馬和佛羅倫斯，故事書中的女主角看見歐洲在她眼前展開，就像一連串有趣的幻燈片投射在巨大銀幕上。一切都在此，一切都不真實。倫敦塔，喀啦；聖母院，喀啦；西斯丁小教堂，喀啦；然後燈光熄滅，她又置身黑暗。

那一趟旅行她只留下最精簡的紀念品，那尊聖母像，那幅蒙娜麗莎，受全世界品味認可的藝術品的複製品。若說她回來時帶著滿滿一袋蓋有「永不遺忘」戳記的記憶，袋子也已塞進床下，先前在這張床上她夢想著世界，出門看過世界回來後她繼續做夢，夢變成的不是實際活過的經歷而是記憶，而記憶只是另一種夢……

惆悵地：「我在佛羅倫斯的時候……」

但然後她愉快地糾正自己：「我們在佛羅倫斯的時候……」

因為，那趟旅行給她帶來的滿足，有相當部分——事實上是絕大部分——在於跟一群上選旅伴一同離開秋河，她們都是有頭有臉富裕紡織廠主的女兒。一離開第二街，她便能自在置身於秋河的上流階層；以她家的歷史和新賺得的錢，她本應很能歸屬這個社交圈，但父親的種種怪癖使她先前無法加入。女孩們一路分享房間，分享艙房，分享臥鋪，一同旅行，一團上流社會的七嘴八舌，已經帶有絕望意味，因為她們是如今結不成婚的女孩，旅途中任何多采多姿的興奮所帶來的樂趣已事先被破壞，因為她們知道自己正在吃掉原本可能是結婚蛋糕的東西，用掉原本應該是——如果她們運氣沒這麼差的話——她們嫁妝的錢。

這些女孩全逼近三十大關，有餘裕出門看看這個世界，然後認命接受新英格蘭老處女的貧乏生活。但她們只能看不能摸。她們知道不可以弄髒手，不可以讓世界壓壞她們的洋裝，而她們一路上友善親切的結伴有種穩穩的決心，勇敢地努力把握眼前這些第二好的事物。

就某些角度而言，那是一趟發酸的旅行，發酸；也是一趟有始有終的來回旅行，結束在起程的發酸地點。又回到家了。狹窄的屋子，房間全上了鎖就像藍鬍子的城堡，沒人愛的肥白繼母坐在蛛網中央，莉茲不在期間她挪也沒挪半吋，但變得更肥了。

這繼母壓迫著她，宛如一道咒語。

逼仄的日子打開通往逼仄的空間和老舊家具，永遠沒有值得期待的東西，永遠沒有。

當老波登慷慨解囊支付莉茲歐洲之行的旅費，連金字塔上的上帝之眼都為之一眨，但對這小氣鬼而言，只要是二女兒要的東西，都不嫌太鋪張浪費，她是這個家裡的特殊例外，似乎要什麼就能有什麼，高興的話拿父親的銀幣打水漂也行。她訂做的所有衣服他都毫不遲疑當場付帳，而她是多麼喜歡穿漂亮衣裳！她愛打扮上了癮。他每星期給她的零用錢就跟廚子的薪水一樣多，而沒有花在打扮置裝的部分，莉茲便捐給值得救濟的窮人。

他願意給他的莉茲任何東西，任何活在鈔票的綠色標誌下的東西。

她想要一隻寵物，小貓或小狗，她很愛小動物，還有鳥也是，可憐無助的小東西。整個冬天她都把餵鳥台堆滿飼料。以前她在空置的馬廄裡養過球胸鴿，牠們看起來像羽毛球，發出「呼嚕咕嚕」的叫聲，柔軟似雲。

如今尚存的莉茲·波登照片顯示一張很難看出端倪的臉，如果你完全不認識她的話；即將來臨的事件在她臉上投下陰影，或者是你看見那些事件投下的陰影——某種可怕不祥的東西。這張臉有突出的方下巴，新英格蘭聖人的瘋狂眼神，有這種眼睛的人不會聽你說話……你可能會說那是一雙狂熱的眼睛，如果你完全不認識她的話。如果你是在破爛店裡翻看一盒舊照片時，看到一八九〇年代那種勒人衣領上這張深褐褪色的臉，你或許會喃喃說道：「哦，妳的眼睛真大呀！」就像小紅帽對大野狼說的話，但你也可能根本不會停手抽出她來細看，因為這張臉本身並沒什麼特別引人注目之處。

但一旦這張臉有了名字，一旦你認出了她，知道她是誰、做過什麼，這張臉看來便彷彿著了魔，如今它纏擾著你，你將它一看再看，它滲出神秘氣息。

這女人的下巴像集中營管理員，還有這雙眼睛……

老來她戴上夾鼻眼鏡，年紀大了之後那雙眼睛裡的瘋狂光芒便消失無蹤，或者是被她的眼鏡折射——如果那雙眼裡真的有過瘋狂光芒的話，因為我們每個人不都也在某個角落藏著一些自己的照片，照片上的我們看來就像瘋狂殺手？而在年輕時那些早期照片裡，她看來並不像瘋狂殺手，只是個極度孤寂的人，朝鏡頭露出神秘莫測的微笑但其實對照相機的存在絲毫不覺，因此就算人家說她是盲人你也不會驚訝。

梳妝台上有鏡子，有時，當時間斷裂成兩半，她會在鏡中以盲目而通靈的眼睛看見自己，彷彿她是另一個人。

「莉茲今天不是她自己。」[9]

在那些時候，那些無可挽回的時候，她簡直可以抬起頭對著高懸明月狼嗥。其他時候，她看見的是自己在梳頭髮或試穿衣服。扭曲的鏡子映照出她，就像水面那種令人昏暈的倒影。她穿上一件件洋裝，然後脫下。她看著身穿緊身束腹的自己。她拍拍頭髮。她拿皮尺量自己。她拉緊皮尺。她拍拍頭髮。她試戴一頂帽子，一頂小帽，一頂時髦的稻草小帽。她拿髮針別住帽子。她拉下面紗。她掀起面紗。她脫下帽子。她一把將髮針狠狠戳進帽子，以她不知自己有的強大力道。

時間過去，什麼事也沒發生。

她伸出手，不甚確定地沿著自己臉的輪廓滑動，彷彿正在考慮解開靈魂上的繃帶，但現在還不是時候，她還沒準備好被人看見。

她是個平靜一如藻海的女孩。

以前她把鴿子養在空馬廄的閣樓，手捧穀物餵牠們吃。她喜歡感覺牠們鳥喙輕輕刮擦在手上的感覺。牠們呢喃著「呼嚕咕嚕」，聲音無比溫柔。她每天替牠們換水，清乾淨牠們彷彿痲瘋的排泄物，但老波登討厭牠們的咕嚕叫聲，讓他聽得心煩，誰想得到他居然還有心，不過他發明了一顆，總之那些鴿子令他心煩，於是一天下午他從堆柴地窖拿出斧頭，三兩下就砍了那些鴿子的頭。

艾比想用那些被宰的鴿子做派，但女僕布麗姬聽了直跺腳：什麼?!用莉茲小姐心愛的鴿子做派？耶穌馬利亞和聖約瑟啊！她以典型的急性子叫道，他們到底在想什麼啊！莉茲小姐神經那麼緊張，又滿是怪念頭！（這女僕是全家唯一有點頭腦的人，事實就是如此。）莉茲從花果會回來，先前她隨他們去救濟院唸宗教小

9.〔英文說某人「不是他/她自己」意指舉止、態度反常，但此處為銜接先前意象，乃採字面直譯。〕

冊子給一名老婦聽，「上帝保佑您，莉茲小姐。」家裡滿是血跡和羽毛。

她沒有哭，那不是她的個性，她是一片靜水，但受攪動時會改變顏色，她的臉發紅，變成深暗、憤怒、斑駁的紅。老頭愛他的女兒，簡直快把她當偶像崇拜，她要什麼就買什麼，然而他仍殺了她的鴿子，只因為他老婆想大口吃掉牠們。

她就是這樣看的。她就是這樣想的。現在她無法忍受看見繼母吃東西，那女人每咬一口都彷彿發出：「呼嚕咕嚕」。

老波登把斧頭清乾淨，放回地窖柴堆旁。莉茲臉上的紅色消退，她下樓去檢視那毀滅的武器，拿起來在手裡掂了掂。

那是幾星期前，初春的事。

睡夢中，她雙手雙腿抽搐；這具複雜機械的神經和肌肉不肯放鬆，就是不肯放鬆，她整個人繃得緊緊，緊得像風之豎琴的琴弦，隨機流動的氣流在琴上撥出旋律，但那不是我們的旋律。

市公所的鐘敲第一聲，第一家工廠的汽笛鳴起，然後又一家、又一家、又一家，「超彗星紡織廠」，「美國紡織廠」，「機械紡織廠」……直到全城每一家紡織廠都大聲唱出共同召喚之歌，工廠工人住的炎熱巷道湧入匆忙的黑壓壓人群：快！趕快！去織布、去捲線、去紡紗、去染色，彷彿前往禮拜會堂，有男有女還有小孩，街道變得黑壓壓，天空也被開始噴吐黑煙的煙囪染污，紡織廠的匡噹砰噹喀啦聲開始了。

布麗姬的鐘在椅子上一跳一顫，即將發出鬧鈴聲。他們的一天，波登夫婦喪命的一天，顫抖著即將展開。

屋外，上方，已經灼熱的空氣中，你看！死亡天使在屋頂上做了窩。

十劃以上

索引

一至九劃

國家圖書館出版品預行編目資料

焚舟紀 ／ 安潔拉・卡特(Angela Carter)原著；
嚴韻 譯. —— 初版. —— 臺北市：行人，2005
[民94]
5 冊；13 x 19 公分
譯自：Burning Your Boats: the collected short stories.
ISBN 978- 957-30694-8-5(全套：平裝)

873.57 94000844

《焚舟紀》第三冊
原著者：安潔拉．卡特
譯者：嚴韻

總編輯：陳傳興
責任編輯：周易正
美術編輯：黃瑪琍
校對：蔡欣怡 、嚴韻

印刷：崎威彩藝

ISBN: 978-957-30694-8-5
2011年06月 二版一刷

出版者：行人文化實驗室
發行人：廖美立
地址：10049 台北市北平東路20號10樓
電話：(02) 2395-8665
傳真：(02) 2395-8579
郵政劃撥：50137426
http：//flaneur.tw

總經銷：大和書報圖書股份有限公司
電話：(02) 8990-2588